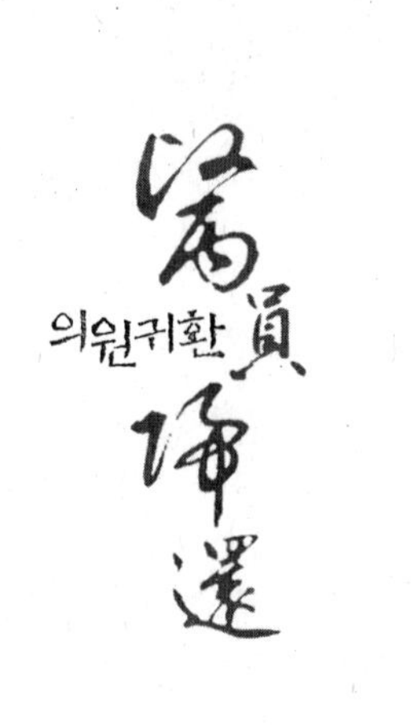

FANTASTIC ORIENTAL HEROES

성상영 新무협 판타지 소설

의원귀환 4

성상영 新무협 판타지 소설

초판 1쇄 찍은 날 § 2014년 5월 23일
초판 1쇄 펴낸 날 § 2014년 5월 30일

지은이 § 성상영
펴낸이 § 서경석

편집부장 § 권태완
편집책임 § 박가연

펴낸곳 § 도서출판 청어람
등록번호 § 제387-1999-000006호
등록일자 § 1999. 5. 31
어람번호 § 제2-2500호

주소 § 경기도 부천시 원미구 부일로 483번길 40 서경B/D 3F (우) 420-822
전화 § 032-656-4452팩스 § 032-656-4453
http://www.chungeoram.com
E-mail § chungeorambook@daum.net

ISBN 979-11-316-9044-4 04810
ISBN 979-11-5681-904-2 (세트)

醫員歸還

의원귀환

4

성상영 新무협 판타지 소설

FANTASTIC ORIENTAL HEROES

도서출판 청어람

第一章

세력 확장을 위한 준비

누구나 최고가 되고 싶어한다.
그리고 그러한 욕망은
사람들이 전쟁을 하게 만들었다.

비약이지만, 사실인 이야기

"여기는 물도 맑고… 좋은 땅을 구했군요. 수고했습니다, 유 총관."

"별말씀을 다 하십니다."

장호는 계곡 아래의 땅을 둘러보고 있었다.

잡목이 우거지고 수풀도 자라나 있어 농지로서는 적합하지 않은 땅 같았지만, 기실 이 땅을 제대로 개간한다면 약초를 키우는 데는 문제가 없었다.

약초에는 여러 종류가 있고 그중에는 상급수라 할 정도로 맑은 물이 흐르는 곳에서 자라는 것이 많았다.

약초 농사는 쉽지 않아 전문가를 써야 한다. 약초는 일반적인 곡물과 다르기 때문이다.

게다가 약초의 종류 역시 다양하니 이를 수확한 이후 유통을 위한 지식도 갖추어야 한다.

물론 그런 사람들을 구하는 것은 쉬운 일은 아니지만 그리 어려운 일도 아니다.

어디든 사정 없는 사람은 없고, 그런 능력을 가진 사람이 없지는 않았다.

문제는 정보.

여기엔 돈을 조금 쓰기로 했다.

바로 하오문이다.

하오문에 의뢰하여 그런 사람들을 알아보고 고용할 것이다.

의원도 이미 그런 식으로 고용하지 않았는가?

"아니에요. 유 총관은 잘해주고 있죠. 월급을 좀 올려도 되겠는데요?"

"감사합니다."

"그리고 유 총관을 보좌할 사람들을 뽑으라고 했는데, 그것은 어떻게 되었습니까?"

장호는 유병건 총관의 업무량이 늘어날 것을 예측했다. 그럴 만도 하다.

현재는 의방만 운영하기에 유병건 총관 혼자만으로도 처리가 가능하다.

약재의 구입, 하인들의 인건비 계산 및 관리와 통솔, 환자들을 받아들이는 체계와 여러 규칙.

이걸 모두 혼자서 처리할 만큼 유병건은 유능했다.

그러나 여기서 약초밭까지 운영하게 되면 아무리 유병건이 유능해도 무리가 온다.

그래서 미리 사람을 뽑으라고 이야기해 놓은 것이다.

"그렇지 않아도 사람을 불렀습니다. 저와 같은 처지의 친구들이지요."

"유 총관이 불러들인 사람이라면 믿을 만한 사람이겠군요."

"예, 물론입니다."

"큰돈이 오가니 믿을 만한 사람을 뽑아야 함을 명심해 주길 바랍니다. 노파심에 하는 말인 건 아시죠?"

"예, 당연하지요."

유 총관이 따스하게 미소를 짓는다.

"자자, 그러면 돌아가죠. 여기 농사지을 사람은 수배했죠?"

"이미 하오문에 의뢰를 해두었습니다."

"그쪽이 참 일을 깔끔하게 하기는 하죠. 돈이 들어서 그렇지.”

“조금 비싼 것이 흠이지만 역시 쓸 만하지요.”

“지금 본 농지를 합하면 도합 스물네 가지 약초를 생산할 농지를 모두 구입한 셈이니…….”

“내년부터는 약재를 직접 생산할 수 있을 겁니다.”

“계획대로인가.”

계획.

사람을 구하라.

스승인 진서의 유언이었고, 장호는 그 유언을 지키기로 맹세하였다.

때문에 실력이 조금 떨어지는 의원을 다수 고용하고, 그들에게 이른바 생활성 질병이라 부를 수 있는 간단한 병의 치료를 맡겼다.

또한 그들에게 꾸준히 의술을 전수하면서 점차 의술 실력을 향상시키는 것은 물론이오, 그들의 전공 분야도 각기 나누어 더 효율적으로 많은 수의 환자를 치료할 수 있는 체계를 만들기까지 했다.

이는 전생의 경험과 어우러져 가능한 일이었다.

현재 장호의 선문의방에 소속된 의원은 현재 무려 마흔두 명으로 늘어난 상태이다.

그뿐이 아니다.

선문의방은 하루에 무려 천여 명에 달하는 환자를 치료하고 있을 정도이다.

그리고 이 수는 얼마 후에는 곧 사그라지고, 하루 평균 삼백 명으로 줄어들 것으로 예상하고 있다.

이 예상은 유 총관이 한 것이다.

현재 태원의 인구는 십만이니 하루에 천 명씩 열흘만 지나도 만 명을 치료한 셈이 된다.

그리고 한 달 정도면 삼만 명.

현재 태원의 빈민층 인구는 대략 사만으로 추정되니 한 달을 기점으로 환자 수가 격감할 수밖에 없다.

왜냐하면 현재는 이들을 치료할 사람이 없기에 병을 앓고 있었기 때문이다.

일단 치료가 되면 한동안은 괜찮을 것이 당연한 이치.

물론 계속해서 환자는 생기겠지만, 지금처럼 천 명씩 오지는 않게 된다.

대신 하루에 삼백여 명 정도의 환자는 계속 나올 터.

그리고 그런 유 총관의 예측과 계산은 맞는 말이었다.

즉 이대로라면 얼마 후엔 의원 수가 도리어 많아지게 된다는 것.

하지만 그것도 나쁘지 않다고 생각하는 장호였다.

왜냐하면 그들 마흔두 명의 의원의 실력을 계속해서 증진

시킬 생각이니까.

그리고 종국에는 태원의 다른 의방을 전부 제거하고 선문의방 단 하나만 남길 생각이다.

산서성의 성도인 태원의 의방을 선문의방 하나로 일통하고 의료업계를 장악한다.

그렇게 한 이후에는 부자에서 가난한 이들까지 모두가 선문의방에서 치료를 받도록 만들 생각이다.

그때가 되면 의원 수를 더 늘이고, 의원들의 처우를 개선하며, 동시에 의원들이 환자를 성의있게 진찰할 수 있을 것이다.

그러기 위해서 약초를 직접 재배한다. 장호는 선문의방의 확장을 멈출 생각이 없었다.

게다가 지금은 아무리 빈민이라고 해도 완전 무료로 치료해 주지는 못한다.

하지만 장호의 계획대로 된다면 빈민에게는 완전 무료 치료가 가능해질 것이 분명하다.

"약초 농사의 전문가들 밑으로는 태원의 빈민들을 배치하는 작업도 잊지 마세요."

"허허, 걱정하지 않으셔도 좋습니다."

장호와 유 총관은 약초 농지를 걸으며 몇 가지 사안에 대하여 대화를 나누다 이내 준비되어 있는 마차에 올랐다.

여기는 태원에서 마차를 타고 반나절 정도 와야 하는 지역이다.

그렇게까지 멀다고 할 수는 없지만 가까운 곳도 아니다.

이런 곳이 약초 농사를 짓고 약재를 운반하는 데 용이하기 때문이다.

이런 곳을 스물네 곳이나 구하는 것은 결코 쉬운 일이 아니다.

유 총관의 솜씨가 대단하다는 의미다.

"그러면… 어느 정도 준비는 끝이 났군요."

"예, 방주님."

"후후, 부자들이 돈이 많긴 많더군요. 그들이 노강환을 사 가며 내어놓은 돈이 몇 만 명을 족히 일 년간 먹여 살릴 돈이라니……."

"부호들이 다 그렇지요. 석가장이나 금마장이 가진 황금이면 이 나라도 살 수 있다고 하지 않습니까?"

"그렇긴 하죠. 맞아, 호위무사 모집은 어떻게 되었습니까? 일전에 관군 출신으로 구한다고 하셨는데……."

"구하긴 했습니다. 만나보고 계약을 할지 말지를 결정해야 합니다만. 그들도 곧 도착할 겁니다. 들어보셨는지 모르겠습니다만, 낭인 집단 호살대가 그들입니다."

호살대(虎殺隊).

"저야 그쪽에 아는 바가 없으니까요. 그런데 그 호살대라는 자들은 믿을 만하긴 한 거죠?"

"인원은 도합 오십이 명으로, 그들은 호살대라는 낭인 조직을 구성한 이후로 단 한 명도 배신한 적이 없답니다. 호살대에서 탈퇴하는 방법은 단지 하나로, 가정을 꾸린 경우에는 탈퇴가 가능하다고 하더군요."

"그거 재미있는 규칙이네요."

"직접 만나봐야 알겠지만… 정보로 본다면 신용 있고 제법 강한 집단입니다. 개개인의 무위는 이류라고 합니다만, 집단 조직 전투 능력은 최고라고 하더군요."

"군의 병사 출신이라면, 그것도 북쪽에서 몽골족과 싸웠다면 그럴 만도 하겠네요."

"예."

"그럼 토지, 사람, 무력은 보충이 곧 될 거고……."

"예, 될 겁니다, 방주님."

"슬슬 시작하세요. 자금은 제가 보장하겠습니다."

"진정으로 하시려는 겁니까? 약초 농지에서 약초가 생산된 이후에 하시는 쪽이 더 손해가 없습니다만."

"아뇨. 시간이 없거든요."

장호는 고개를 흔들며 희미하게 미소를 지었다.

이제 열여섯이 되는 그다. 서른다섯이 될 때까지 앞으로 십

구 년.

길다면 길고 짧다면 짧은 시간.

장호는 그 시간을 조금도 낭비하고 싶은 생각이 없었다.

* * *

선문의방.

신의라고 소문난 의선문의 당대 문주인 생사판 장호가 주인으로 있는 곳.

장호의 의술이 하늘에 닿았다는 소문은 이미 태원에 짜하게 퍼진 지 오래됐다.

그런 장호의 선문의방은 치료비가 다른 의방과는 차원이 다를 정도로 저렴했다.

다만 선문의방에서는 부자든 가난한 이든 간에 그저 그런 질병의 경우에는 절대로 장호가 치료하지 않았다.

장호는 이른바 중병과 중상만 치료했던 것이다.

생활 질병이나 중하급의 질병 정도는 장호가 아니어도 치료가 가능하니 장호가 손을 쓸 필요가 없다.

몸이 하나이기 때문에 더 효율적으로 일하기 위해서 이런 체계를 만든 것이다.

다만 부자들은 장호와 의술이 일류 이상이라고 판단되는

의원들이 직접 치료했다.

돈을 올려 받기 위해서다.

이를 위해서 선문의방은 금의회라는 것을 만들었다.

금의회에 가입한 회원에게는 금의패라는 것을 지급한다.

이 금의패를 가진 이들은 줄을 서지 않아도 되었고, 직접 장호나 의장을 만나서 치료를 받을 수 있는 권한을 가지게 된다.

다만 금의회에 가입하기 위해서는 매년 금자로 삼백 냥의 회비를 내야 했고, 치료비는 별도였다.

그러나 부호들은 이러한 조치에 만족하며 너도나도 금의회에 가입했다.

현재 금의회에 가입한 부호의 수는 무려 백스물두 명이나 된다.

그들이 매년 내는 돈만 해도 금자로 삼만육천육백 냥이나 되었다.

이 돈만 해도 어마어마한 금액이다.

원래 장호가 보유한 금액은 금자로 약 사천 냥 정도였다. 그런데 금의회를 만들었다는 소문이 돌자 채 두 달이 되기 전에 회비로 금자 삼만육천육백 냥이 모인 것.

백스물두 명이나 선불로 회비를 냈기에 이런 일이 벌어진 것이다.

본래 가지고 있던 돈과 합치면 금자 사만육백 냥이 된다.

이 정도면 이미 장호는 태원에서도 손가락 안에 꼽힐 정도의 어마어마한 부호라고 할 수 있었다.

그러나 장호가 많은 돈을 벌어들인다는 사실은 곧 묻히고 말았다.

이유는 별게 아니다. 장호가 빈민에게는 무료로 치료를 해주기 시작했기 때문이다.

유 총관의 예측보다도 환자 수가 떨어져 매일 이백여 명 정도를 치료하던 선문의방에 하루 육백여 명의 사람이 모였다.

저렴하게 내린 가격에도 치료를 못 받던 이들이 단번에 몰려든 것이다.

그러다 보니 돈도 많이 나갔다.

하루에 금자 열 냥씩 소모되었기 때문이다.

장호는 이를 선전했다.

선문의방에서는 하루에 금자 열 냥씩 소모하면서 무료로 사람을 치료하고 있다고 말이다.

하루 금자 열 냥이면 한 달이면 삼백 냥이다.

일 년이면 삼천육백 냥.

평범한 사람들, 그리고 부호들도 이걸 보고 꽤나 많은 돈을 쓴다고 생각했다.

하지만 장호는 이미 부호들을 털어서 금자 사만 냥을 보유하고 있어 문제가 없었다.

사실 장호는 이 시점에서 태원에서 제일가는 부자라고 해도 과언이 아닌 상태가 되었다.

그리고서 장호는 유 총관과 함께 세운 다음 계획을 시작했다.

* * *

"사마충이라고 하오."

사마충이라고 밝힌 사내는 아주 건장하고 다부진 체격을 가지고 있었다.

우선 키가 육 척에서 칠 척 사이로 무척이나 크다고 할 만했다.

장호의 키도 현재 무럭무럭 자라서 육 척이나 되는데, 그런 장호보다 머리 반 정도는 더 컸다.

단지 키만 큰 게 아니다. 팔과 다리가 허리보다 길어서 무공을 익히기에 적합한 체형이다.

게다가 실전으로 다져진 감각과 그동안의 훈련으로 잘 발달된 근육을 가지고 있었는데, 척 보는 것만으로도 강인하다는 인상을 주었다.

그는 오른쪽 뺨에 긴 상처가 하나 있었지만, 전반적으로 꽤나 호남형의 미남이라고 부를 만했다.

각진 턱에 굵은 눈썹과 제법 이지적으로 보이는 눈매를 가진 탓이다.

그는 가죽과 금속 조각을 섞어서 만드는 용린 갑옷이라는 것을 입고 있었다.

용의 비늘을 붙여 놓은 듯하다고 해서 용린갑이라고 부르는 것인데, 비싼 가격 때문에 제법 지위가 있는 병사가 아니면 쓸 수 없는 물건이기도 했다.

그뿐이 아니다.

허리춤에는 단검을 여섯 개나 꽂고 있고, 등 뒤에는 방패를 하나 둘러멨으며, 좌측과 우측 허리춤에는 장검이 하나씩 총 두 개가 매달려 있다.

거기에 더해서 강호인들이 신지 않는 두툼하고 단단한 가죽 장화를 신고 있고, 바지 위로 가죽을 이어 붙인 하갑주를 착용하고 있다.

여기에 투구만 쓰면 전장에서 싸우는 노련한 병사처럼 보일 지경이다.

하지만 그것이 더 마음에 드는 장호다.

노련한 군인.

그것은 호위 목적에는 아주 딱 알맞기 때문이다.

"선문의방의 방주이고 의선문의 문주인 장호입니다. 수소문한 끝에 호살대를 청했는데 꽤 강하시군요. 적어도 무공 수준이 일류는 되어 보이고… 실전 무공을 사용한다고 들었으니 그 강함은 보지 않아도 알 것 같네요."

장호의 말에 사마충이라고 자신을 밝힌 호살대의 대장은 흠칫 놀란 표정을 지었으나 다시금 무표정한 얼굴로 바뀌었다.

"장기 호위 계약을 원하신다고 들었소."

"정확히는 선문의방, 나아가 의선문의 일원이 될 분들을 찾고 있습니다."

"귀하의 문파에 입문하라는 말이오?"

"그런 뜻이지요. 호위무사 형태로 고용만 해서는… 오래가지 못하지 않겠습니까?"

장호의 말에 사마충은 대답하기가 곤란했다. 단순한 장기 호위 계약이 아닌 입문이라…….

"물론 입문한다고 해서 월급을 제대로 주지 않는 것은 아니죠. 월급도 주고 무공도 전수해 드리겠습니다."

"파격적인 조건이구려."

"확실히 파격적인 조건이죠."

보통 강호의 문파에서는 제자들에게 월급을 주는 경우가 없다. 도리어 제자들이 나가서 돈을 벌어와 문파에 바치고, 문파에서는 그 돈을 운용하다가 제자들이 필요할 때 주는 형태를 취한다.

물론 월급이 아닌 용돈 형태로 지급하기는 하지만, 그건 말 그대로 용돈일 뿐 그리 큰 금액도 아니다.

사실 그럴 만도 하다.

문파에서는 제자들을 먹여주고, 재워주고, 의복을 지급하며, 무기까지 내어준다.

거기에 무공까지 가르치니 문파에서는 제자들의 생활 전반을 완전히 책임지는 것이라 어쩌면 당연한 일이 아닐 수가 없다.

그런 여러 상황에 비추어 보면 장호의 말은 파격적이라고 할 만했다.

"생활 전반에 대해서 책임져 주는 거요?"

"물론. 그리고 월급도 별도로 지급할 겁니다. 물론 생활 전반을 책임지기에 급여는 생각하시는 것보다 적을 겁니다만."

"얼마요?"

"월 은자 다섯 냥."

은자 다섯 냥.

사실 일반인 입장에서는 적은 돈이 아니다. 그러나 낭인무사, 그것도 호살대처럼 제법 유명한 낭인대의 입장에서는 적은 돈이다.

그들은 한 달을 일하면 적어도 개인당 은자 열 냥은 받고 움직이기 때문이다. 그런데 은자 다섯 냥이라면 그 수입이 절반이다.

대신 장점도 있다.

선문의방에서 모든 것을 제공하여 생활을 책임질 것이며, 그것은 부상과 질병도 마찬가지다.

낭인들에게 가장 큰 부담은 바로 부상과 질병.

이쪽으로 나가는 돈이 어마어마한 수준이기 때문이다.

게다가 장점이 하나 더 있다.

선문의방에 소속되면 더 이상 떠돌아다닐 이유가 없으며, 의선문의 무공도 배울 수 있다는 것이다.

호살대는 비록 수준 높은 낭인대이지만, 그들이 익힌 무공은 겨우 이류에 불과했다.

군에서 배운 무공에다가 호살대의 대장인 사마충이 알고 있는 어떤 무공을 합한 것이기 때문이다.

그나마 이류 정도의 무공이라서 내공심법이 포함되어 있기에 이만큼 하는 것이다.

아니었다면 이렇게 살아남아서 호살대를 꾸리지도 못하고 전장에서 죽었으리라.

"대원들과 상의를 해봐야 할 것 같소."

"그렇게 하십시오."

척.

사마충은 포권을 해 보이고는 뒤돌아 걸어 나갔다. 장호는 그런 사마충의 뒷모습을 보면서 만족감을 표시했다.

"어떠십니까?"

"좋네요. 본 문에 들어오기에 충분해 보입니다. 저 정도면… 제대로 무공을 전수했을 경우 절정고수는 무난히 될 것 같군요."

"그 정도입니까?"

"그럼요. 그나저나 약재의 독점은 어떻게 되었나요?"

"거의 끝나갑니다."

"어차피 이 도시에 의방이 열 개 넘게 있을 필요는 없으니까요. 전부 문 닫게 만들어 버리죠."

"예, 방주님. 두 달 안에 그렇게 될 겁니다."

第二章

억울하면 나처럼 하든가

힘 있는 자는 힘 없는 자를 착취할 수 있다.

억울하다면 힘 있는 자가 되어야 한다.

진리

태원에는 여러 의방이 존재한다.

산서성의 성도이다 보니 산서성 전역에 걸쳐 영향력을 행사하는 거부가 많기 때문이고, 또 인구도 많기 때문이다.

태원의 인구는 십만 정도로 알려져 있는데, 사실은 이십만 명이 넘었다.

왜냐하면 대도시인 태원에 일을 찾아서 온 유랑민과 빈민이 많기 때문이다.

그들은 빈민 구역에 자리를 잡고 일거리를 찾아 도시를 돌아다니며 하루하루를 연명하는 처지였다.

그들의 수도 무시할 수 없었다.

그들도 나름의 경제 활동을 한다. 그들도 사람이니까.

여하튼 그런 태원이기 때문에 의방도 제법 많았다. 그 수를 따져보면 정확하게 열두 개나 되었다.

선문의방을 빼고도 그렇게 수가 많았다.

떠돌이 약장수나 강호낭중이라 불리는 돌팔이 의원의 수까지 포함하면 제법 많은 수의 사람이 의업 분야에 종사하고 있었다.

그리고 그중 하나인 천원의방의 주인인 의원 고일선은 분노에 찬 얼굴로 고함을 터뜨리고 있었다.

"어째서 약재가 없다는 겐가!!"

고일선이 주로 거래하는 약재상인 도손약방.

그곳에서 고일산은 그 통통한 얼굴이 엄청나게 붉어질 정도로 화가 나서 고래고래 소리를 지르고 있었다.

"험험! 왜 그리 소리를 지르고 그러나?"

"내가 소리를 지르지 않게 되었나! 약재가 없다니? 약재가 하나도 남아 있지 않다니? 저것들은 다 뭐고?"

한쪽에서 약재를 옮기는 하인들을 가리키면서 손가락질을 하는 고일산이다. 그는 몹시 뚱뚱하고 비단 장포를 입고 있어 부유해 보였다.

이 시대에 살이 찐 것은 도리어 인덕이 있고 부유하다는 증

거라서 흠잡을 일이 아니다.

그러나 가진 것 없는 이들의 눈에는 아니꼬운 것도 사실이다.

그런 고일산을 상대하는 이도 부유하기는 마찬가지.

역시 비단 장포로 옷을 해 입었고 당혜까지 신은 꼬장꼬장해 보이는 중년인이다.

도손약방의 주인인 도이산으로 그의 부친이 바로 도손이라는 이름을 썼다.

즉 이 약방은 이대째 내려오는 제법 유서 깊은 약방이다.

"다 팔린 약이라고 하지 않았나. 이미 팔려서 대금까지 받았으니 저건 내어줄 수가 없네."

"대, 대체 저 많은 것을 누가 다 샀다는 거야?"

"나야… 값만 쳐주면 어디든 못 팔겠나? 자네에게 파는 때보다 이 할을 더 쳐준다 하니 넘기지 않을 수가 없지."

도이산의 말에 고일산의 그 돼지코에서 콧김이 훅훅 쏟아져 나왔다.

"이, 이 할이나?"

"그렇다네."

"어디야? 어디냐구!"

"어허, 왜 그렇게 소리를 지르나. 여기는 자네 의방이 아니야."

도이산의 말에 고일산의 안색이 더더욱 붉어졌다. 너무나 화가 나서 피가 몰린 탓이다.

"당장 말하지 못해!"

"허참, 선문의방일세, 선문의방."

"선문의방!"

최근 신의라는 이름을 얻고 의선문의 문주라 자청한 청년이 나타난 것은 의약업계에 종사하는 이라면 모르는 이가 없다.

의선문주 장호.

그가 세운 선문의방은 의원을 마흔 명 넘게 고용해 순식간에 태원 최대의 의방이 되었다.

다른 의방들이 손을 쓰기도 전에 순식간에 커져 버려 어떻게 할 수가 없었다. 더구나 선문의방은 빈민을 무료로 치료해 주는 한편 서민에게는 다른 의방의 이 할 가격에 치료해 주는 정책을 펼쳤다.

그렇지 않아도 그 때문에 태원의 크고 작은 의방이 모두 큰 타격을 입었다.

때문에 최근에는 선문의방을 제재해야 하는 것은 아니냐고 의방의 주인들이 모의를 하는 중이기도 하다.

이건 생존의 문제이기 때문이다.

그런데 그 선문의방에서 먼저 선수를 칠 줄이야!

약재가 씨가 말랐다.

아무리 침술이나 뜸술이라고 해도 한계가 존재하는 법.

약이 뒷받침 되지 않으면 제대로 된 치료를 하기가 어렵다는 것은 의원이라면 모두가 다 아는 일이다.

그리고 지금 선문의방이 태원의 약재를 모조리 긁어모으고 있는 것이다.

"그, 그놈들이 설마 약재를 전부 사들인 건 아니겠지?"

"우리 쪽은 다 팔렸네. 듣자 하니 다른 쪽도 다 팔렸다더군."

"이, 이놈드으을!"

고일산이 벌떡 일어났다. 그리고는 씩씩거리면서 밖으로 뛰쳐나갔다.

"쯧쯧, 저 친구는 어째 달라지는 게 없누."

"장로님, 괜찮으시겠습니까?"

"뭐가?"

도이산의 옆으로 하인 중 하나가 다가와 굽실거리면서 말을 걸어왔다. 도이산은 혀 차는 표정 그대로 말을 받아주었다.

"의선문주의 의도는 뻔하지 않습니까?"

"뻔하지. 이 태원의 의방을 통일하겠다는 거 아니겠어?"

"그걸 두고 보실 것인지……. 아시다시피 여러 의방에서 들어오는 돈이 제법 됩니다."

"내버려 둬. 어차피 선문의방에서도 받을 수 있으니까."

"그가 거절한다면 어쩌시겠습니까? 게다가 개방이 그들에게 호의적입니다."

"거절? 그 능구렁이 같은 아해는 거절하지 않을 게다. 그런 놈인 것 같더군. 제 형 때문에라도 말이지. 그나저나 의선문주의 형은 실력이 어떻더냐?"

"면 노야의 말로는 솜씨가 제법이라고 합니다. 재능이 있어 제자로 받을까 생각 중이라고 합니다만……."

"흐음? 그 집이 씨가 좋은가 보군. 장일이라는 녀석도 제법이라더니."

"원접심공이라는 그 내공심법의 효능일 수도 있다는 분석입니다만……."

"아아, 그거? 본 문에도 원접심공의 사본이 있지 않던가?"

"있습니다."

"흠. 연구해 보라고 해."

"알겠습니다."

"그리고 의선문주에 대해선 신경 끄거라. 어차피 그도 우리와 친밀해질 수밖에 없으니."

"명심하겠습니다."

"그나저나 문주가 나이가 차긴 찬 모양이야. 남자에게 관심을 두는 것을 보면."

도이산의 말에 허리를 굽히고 있던 하인은 아무런 말도 하지 않고 물러났다.

장호가 모르는 사이에 장호를 중심으로 하여 하오문이 움직이고 있었다.

이는 본래의 역사에서는 없던 일.

그리고 또 다른 움직임이 생겨났다.

*　　*　　*

"매점매석, 완료했습니다."

메마른 인상의 중년 학사가 부드럽게 미소를 지어 보이는 광경은 확실히 보기 드문 것이라고 할 수 있다.

애초에 부드럽게 미소를 짓는 일이 별로 없는 메마른 인상의 그다.

지금 선문의방의 총관직을 수행하고 있는 중년 학사 유병건이다.

그는 평소 메마른 사람이었으나 지금은 봄날의 따스한 햇살처럼 부드러운 미소를 지으며 상관에게 말하고 있다.

그런 유 총관의 보고를 받는 이는 스무 살 정도로 보이는 평범하게 생긴 청년이다.

그리 모나지 않은, 잘생겼다고 말하기는 어렵지만 그렇다고 못생기지도 않은 청년.

어찌 보면 별 특색이 없어 보이는 청년이지만, 눈빛 하나만큼은 다른 이들과 뭔가가 달랐다.

그는 의원 복장을 하고 있고, 유병건 총관이 내민 서책을 받아서 읽어보고 있다.

"수고했어요, 유 총관. 생각보다 빨리 끝났군요."

청년은 서책을 덮으며 말했다.

"돈이면 안 될 게 뭐가 있겠습니까? 약재상들의 불안을 잠재우고자 삼 년간 시가의 이 할을 더 쳐주기로 하는 장기 독점 계약까지 맺었고 계약금은 따로 지불했습니다. 이제 다른 의방들은 약재를 구할 수가 없을 것입니다."

유병건 총관의 말에 청년은 고개를 끄덕이며 긍정을 표한다.

이 모든 일을 지시한 것이 바로 이 청년이다.

의선문주.

선문의방의 주인.

두 가지 신분을 함께 지닌 이 청년의 이름은 장호.

젊은 나이에 이미 절정고수의 끝자락에 도달한 재능 넘치는 무인이기도 하다.

겉으로는 스무 살로 보이지만 사실 그의 나이는 이제 겨우 열여섯에 불과하다.

유가밀문의 체법과 선천의선강기의 수련으로 이렇듯 빠르게 성장한 것.

하나 그 사실을 아는 이는 그리 많지 않았다.

"다른 의방들은 지금 뭘 하고 있죠?"

"여기저기 줄을 대고 있습니다."

"관리들을 움직여서 없던 죄라도 만들 생각이로군요. 후후후. 예상 범위 내의 일이네요. 그러면… 여기서는 가볍게 찔러주면 되겠죠?"

"어떤 일을 하실 생각이십니까?"

"간단하잖아요. 협박이죠, 협박."

장호는 그 순해 보이는 얼굴과 다르게 비틀린 미소를 지어 보인다.

"저는… 수단 방법을 가리지 않거든요. 게다가 그 녀석들은 배에 기름이 잔뜩 끼어 있으니 다른 데 가서도 잘살 수 있겠죠."

"그럼 따로 손을 써두지는 않겠습니다."

"예, 나머지는 제가 처리하죠."

* * *

"이대로 내가 망할 줄 알고? 두고 보자, 두고 봐. 내가 바친 뇌물이 얼마나 많은지 알아!"

"여보, 그만하고 좀 주무세요."

"이 여편네야! 지금 잠이 와! 잘못하면 망하는 수가 있어!"

"그렇긴 해도……."

"에잉! 먼저 자."

고일산은 뚱뚱한 배를 문지르며 침상에서 일어섰다. 그의 아내가 일어서서 옷을 입는 그를 도왔다.

고일산은 옷을 대충 갖추어 입고 침실을 나와 의방의 뒤쪽에 마련된 후원으로 향했다.

답답해서 바람이라도 쐬려는 것이다.

"젠장! 젠장! 술이라도 좀 마셔야 하나? 화가 풀리지를 않으니……."

"그 화 내가 풀어줄까?"

탁하고 거슬리는 목소리가 고일산의 등 뒤에서 들려왔다.

고일산은 갑작스러운 목소리에 등골이 오싹해지는 기분을 느꼈다.

"으, 으힉!"

그는 결국 놀라서 허둥거리다가 그만 앞으로 넘어져 버리고 말았다.

그러나 그런 것을 신경 쓸 겨를이 없었다.

아주 싸늘한 무언가가 그의 전신을 찌르고 있었으니까.

이게 무엇일까?

공기? 아니면 기운?

무엇인지 정의 내리기 어려운 것이 그의 전신을 둘러싸고 그의 몸을 찌르고 있었다.

실제로 상처를 입은 것은 아니다.

그러나 그의 감각을 자꾸 건드리는 그것은 도저히 참기 어려운 정신적 고통이다.

땀이 비 오듯이 흐른다.

그의 지방이 빠르게 타들어가면서 몸이 뜨거워지고 열이 났다.

"누, 누구요?"

"나? 저승사자."

음산한 목소리가 그의 등 뒤에서 들려왔다.

고개를 돌릴까? 아니야. 얼굴을 봤다고 죽일지도 몰라. 어, 어떻게 하지?

죽고 싶지 않아! 살고 싶다구!

그, 그간 모아놓은 돈도 써보지 못했는데…….

"흐흐흐, 돌아보지 않다니 머리가 제법 좋군. 어지간히 살고 싶은 모양이야."

"누, 누가 보냈소? 내, 내가 더 많은 돈을 주, 주겠소."

"오호라, 돈이 제법 많은 모양이지?"

"그, 그렇소! 내, 내가 누구인지 아시오?"

"알다마다. 의원 고일산이 아니신가?"

"그, 그렇다면 내, 내, 내가 부호들을 상대하는 것을 알 거 아니오?"

"물론 잘 알지. 그래서 돈을 주겠다는 건가?"

"그, 그렇소! 돈을 주겠소!"

고일산은 뒤돌아보지 않았다. 대신 필사적으로 말했다.

"좋은 이야기군. 하지만 신용의 문제가 있어. 비록 내가 살수 노릇을 한다지만 신용이 없으면 밥줄이 끊기거든."

"제, 제발!"

"흐흐흐흐흐, 아프지 않게 죽여주지."

"으, 으아아, 커억!"

소리를 지르려고 하던 고일산.

그러나 어느샌가 다가온 차가운 손이 그의 목을 쥐었고, 소리를 막았다.

"이런이런, 소리 지르면 안 되지. 자, 그러면 이제 죽을 준비나 하라구. 염라대왕님께 인사도 전해주고."

"끄, 끄으으윽."

숨이 넘어간다. 심장이 쿵쾅거린다. 죽음이 눈앞에 아른거렸다.

고일산은 자신이 이렇게 죽는다는 사실을 믿을 수가 없었다.

탁!

"허억! 허억!"

그때다. 그 차가운 손이 고일산을 놨다.

"맞아, 생각해 보니… 나는 돈을 받고 너는 살 수 있는 방법이 있군."

"허억! 크흐으으읍!"

"이봐, 고일산 의원. 살고 싶나?"

"사, 살고 싶소! 살고 싶어!"

"그러면 지금 당장 조용히 돈을 가져와. 문제없는 돈으로 말이야. 딱 반 시진을 주지. 알겠나? 금자 이백 냥은 되어야 할 거야."

"그, 그렇게 큰돈을……."

"흐흐, 네 재산이 금자로 사백 냥이 넘는다는 것을 알아. 그중 현금만 해도 이백 냥은 되지 않나? 그 현금만 모두 바치라는데… 죽고 싶나?"

"아, 아니오! 드, 드리겠소! 주겠어!"

"좋아, 그러면 빨리 가져와. 그리고 열흘 안에 이 태원을 완전히 떠나는 거야. 알겠지? 열흘이면 재산을 대충이라도 처분하고 다른 곳에 가서 살 수 있겠지. 알겠나? 응?"

"그, 그리하겠소! 그리하겠소이다!"

고일산은 엎드려 빌었다. 이미 바지가 축축한 상태이다.

"좋아, 돈 가져와. 당장."

고일산은 발에 불이 나도록 뛰었다.

*　　　*　　　*

일은 아주 조용하고 빠르게, 그리고 누구도 예상하지 못한 방식으로 이루어졌다.

모두가 '그러니까 그 일이 어떻게 되었지?' 하고 말했을 때에는 모든 것이 완전히 끝나 있었다.

그건 놀라움이었다.

고일산이 의방의 문을 닫아걸고 떠났다.

급하게 의방을 처분하느라 제대로 된 값을 받지 못했지만, 여하튼 의방을 닫고 떠나 버렸다.

그 뒤를 이어서 요이경이라는 의원이 의방 문을 닫고 사라졌다.

그 역시 빠르게 의방을 처분하고는 사라져 버렸다.

사람들이 '이게 대체 무슨 일이야?' 했을 때에는 이미 태원의 의방이란 의방은 전부 사라진 뒤였다.

그리고 그 의방의 매물을 선문의방이 사들였고.

'뭐야? 선문의방이 수작질을 부린 거야?' 하고 여러 문파나 조직이 생각했을 때에는 이미 선문의방이 태원의 가장 큰, 그리고 유일한 의방이 되어 있었다.

길거리 약장수, 돌팔이 강호낭중이 넘쳐나지만 신뢰할 수 있는 의술을 가진 의방은 단지 선문의방 하나만 남게 된 것이다.

사태가 심각하다고 생각하는 순간,

이미 태원에는 의방이 딱 하나 남게 되었고, 모든 것은 이미 정리가 끝나 버렸다.

다른 이들이 이에 개입하려고 생각하기도 전에 일이 끝난 것이다.

태원에 자리한 여러 조직, 문파, 그리고 사람들은 당혹해했다.

그리고 '어떻게 해야 하지?' 하고 생각한 순간 선문의방은 그들의 뒤통수를 거하게 때리는 일을 자행했다.

선문의방에 보의단이라는 단체가 생긴 것이다.

보의단.

의술을 보호한다는 뜻을 지닌 이 단체는 대외적으로 선문의방의 호위를 담당하는 집단이라고 알려졌다.

그 정체는 바로 낭인계에서 이름을 떨친 호살대이다.

총 인원은 오십사 명으로 모두 집단 전투에 능한 능숙한 병사 출신이었다.

그들은 의선문에 입문하기로 이미 결의하였고, 현재는 의선문의 제이대 제자가 되어 있는 상태였다.

일대제자이자 장문인인 장호는 서열을 다시 확립해야만 했다.

처음 입문한 사람이 바로 이연과 이진 남매이기 때문에 이들이 바로 대사형이 될 수밖에 없었다.

다만 대사형이라고는 해도 서로 존대를 하도록 했다.

이연과 이진의 나이가 호살대 출신보다 적기에 하대를 할 경우 문제가 발생할 수 있기 때문이다.

여하튼 보의단의 출현은 급작스러웠지만, 확고한 의지를 만인에게 알릴 수 있는 계기가 되었다.

선문의방을 방해하는 자는 제거한다.

그것을 느낀 태원의 무림 세력들은 긴장해야만 했다.

선문의방의 주인인 장호는 절정고수였고, 또한 신의라 불릴 만한 의술을 가졌기 때문이다.

게다가 경쟁 의방들을 제거한 일 처리 방식은 절대로 정파다운 행동이 아니었다.

그렇다고 그가 사파도 아니다.

그는 이미 태원에서 백성들에게 크게 칭송을 받으며 명성을 얻지 않았는가? 그런 이타적인 행위를 보고 사파라고 할 수는 없었다.

그래서 무림 세력들은 장호의 의선문을 정사지간의 문파로 정의했으며 경계하기 시작했다.

다만 진선표국만은 여전히 의선문을 우호적으로 대하였다.

그리고 그러한 일련의 사태 속에서 장호는 다음 행동을 시작했다.

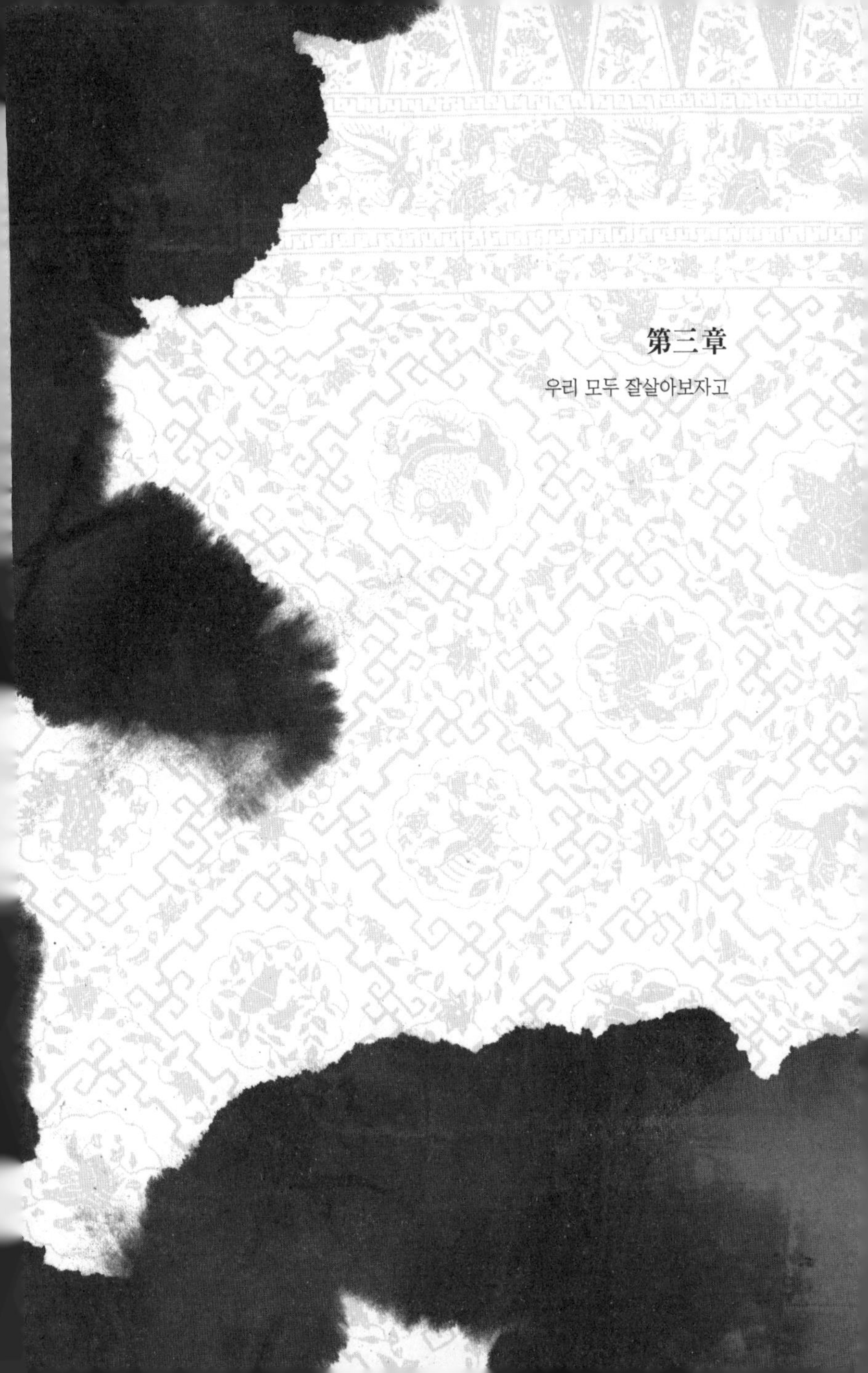

第三章

우리 모두 잘살아보자고

삶은 존귀하고 소중하며, 그 무엇보다 우선해야 한다.

현자 모르오

흑도라고 하면 거창하게 보이지만 사실 범죄자들에 불과하다.

사실 강호인 대부분이 국법을 어기는 범죄자이긴 하지만, 그중에서도 이들 흑도는 이른바 가벼운 범죄를 저지른 경범죄자가 아니라 무거운 범죄를 저지른 중범죄자들이다.

예를 들어보자.

도검을 착용하고 다니는 것은 사실 불법이다.

대명률에 의하면 일반 백성들은 일정 길이 이상의 날붙이를 소지해서는 안 된다고 되어 있다.

물론 이 법은 유명무실해 지켜진 적이 단 한 번도 없기는 하다.

실제로 강호인 전부가 버젓이 장검이나 장도를 들고 다니지 않는가?

게다가 대명률에 의하면 열 명 이상의 집단을 이룬 사람들은 활을 구비하지 못하도록 되어 있다.

활은 투사병기이고, 이는 전략적인 수단으로 사용할 수 있기 때문이다.

그러나 버젓이 활을 들고 다니기도 하는 곳이 바로 강호이다.

때문에 관과 무림은 서로 관계치 않는다는 불문율이 생긴 것이 아닌가?

애초에 제국의 통제력이 강호인에게 확실히 미쳤다면 이런 일은 생기지 않았을 것이다.

여하튼 그런 강호이기에 관에서는 강호인의 무기 소지에 대해서 별다른 참견을 하지 않았다.

하지만 강호인이 중대한 불법을 저지르면 개입을 안 할 수가 없다.

예를 들어서 강도, 살인, 폭행 같은 범죄가 그것이다.

그뿐이 아니다.

마약의 유통에서부터 인신매매까지도 개입하여 처리해야

했다.

그리고 그런 일을 주로 저지르는 문파들을 흔히 흑도나 사파라고 불렀다.

이런 범죄를 저지르는 강호의 문파는 대부분이 역사나 전통 따위는 없고 그때그때의 이익에 따라서 이합집산을 반복했다.

그중에는 문주의 무공이 대단하고 사업적 수완이 제법 뛰어나 거대한 세력을 유지하는 경우도 있었다.

산서성 태원 서쪽에 위치한 도시 람현(嵐縣)의 금피문이 바로 그런 경우였다.

금피문의 문주는 금피마공이라는 무공을 익혔는데, 사실 마공이라고는 하나 딱히 사악한 방법으로 수련하는 무공은 아니었다.

다만 이 무공을 연성하는 방법이 기괴하여 금피마공이라고 불렀다.

그리고 금피문의 문주는 당연하게도 금피신공이라고 자찬하고 다녔다.

여하튼 이 금피마공은 외공의 하나로서 상승절학이라 할 만했다.

금피문주는 젊을 적에는 마적으로 살았고, 나이가 서른이 넘어서는 산적이 되었으며, 나이 마흔에 한 재산 챙겨서 태원의 서쪽에 있는 람현에 자리를 잡고 금피문을 세웠다.

성격이 급하고, 더럽고, 의심 많고, 포악하고, 욕심도 많은 전형적인 불한당인 금피문주 이름은 두호라고 한다.

이 작자는 키도 칠 척과 팔 척 사이에 이를 정도로 크고 용력을 타고난 장사였다.

금피마공과 그 건장한 신체가 합해져서 지금은 나이가 쉰을 넘어가는데도 일대에서는 적수를 찾아보기 어려웠다.

비록 초절정고수는 아니지만 초절정고수라고 해도 능히 상대 가능한 힘을 보유했다고나 할까?

애초에 신체적 조건이 너무나 뛰어났다.

여하튼 이 금피문주 두호는 성격은 더럽지만 그래도 한 가지 장점이 있었으니 바로 강해지고자 하는 욕망이었다.

그 때문에 무공 수련을 꼬박꼬박 해왔는데, 원체 머리가 나쁘다 보니 초절정의 경지로는 나가지 못했다.

사실 금피문의 규모는 금련표국의 절반 정도에 달해서 이 정도면 태원 제일의 흑도문파라고 할 만했다.

이 정도로 금피문을 키운 배경에는 금피문주 두호의 아들인 소문주 두연이 있었다.

이 두연이라는 놈은 우둔한 아비에 비해서 약삭빠르고 잔머리에 능한데다가 사업적 재주가 제법 뛰어나 금피문을 이 정도 크기로 만든 주역이다.

게다가 이놈도 아비를 닮아서 용력을 타고난 데다 키는 제 아비보다 조금 더 크다.

여우같은 머리에 곰 같은 몸을 타고난 것이다.

이 아들놈의 나이는 이제 서른다섯인데, 절정고수로 알려져 있다.

그리고 이 금피문에서 이번에 태원에 일어난 일들에 대해 듣고 있었다.

"뭐야, 그러니까 암귀방이 무너진 게 그 의선문이라는 잡것들 때문이라는 거냐?"

"그렇다고 했잖아요."

"흥!"

큰 콧구멍으로 콧김을 내뿜는 거한의 사내 금피문주 두호가 인상을 썼다.

"어쩐지 요새 태원에서 오는 돈이 적다 했어. 이 새끼들, 뼈를 추려줘야겠구먼."

금피문은 태원 제일의 흑도문파다.

당연하지만 태원에 자리 잡은 세 흑도문파는 금피문에 돈을 바쳐야 했다.

금피문은 태원에 직접 진출하지 않고 세 흑도문파를 조율해서 돈을 상납받는 형태를 취하고 있었던 것이다.

그것에는 이유가 있었다.

흑도문파가 커지기 위해서 필요한 조건이 이 산서성에는 별로 없었기 때문이다.

흑도문파가 거대해지기 위해선 필수적으로 필요한 것이 몇 가지나 있다는 것을 사람들은 잘 모를 것이다.

그 조건이 무엇일까?

첫째, 부패한 관리가 많아야 했다.

지금의 대명제국에서 부패하지 않은 관리가 몇이나 있겠느냐만 이 산서성은 북으로 원나라의 잔당들과 마주한 국경이 있는 지역이다.

때문에 그 부패도가 다른 지역에 비해서 적어도 두 배 이상 낮았다.

나름 청결 지역이라고 할까?

둘째, 정파의 세력이 약해야 했다.

당연하지만 흑도문파가 커지면 정파들은 적당한 구실을 대고서는 쳐들어왔다.

정파 입장에서는 흑도문파를 처리하는 것만큼 돈과 명예를 동시에 얻을 수 있는 일이 없기 때문이다.

그런데 여기는 금련표국이 있다.

비록 그들이 하나의 문파라기보다는 사업체에 가까운 곳이지만, 소림사와 연이 닿아 있으며 그 규모도 금피문의 두 배에 달한다.

그뿐이랴.

금련표국주 번청산은 소림속가제일인 소리를 듣는 사람이다.

타고난 용력과 금피공의 합일로 절정고수임에도 초절정의 경지에 이른 무인과 싸워도 밀리지 않는 금피문주 두호이지만, 번청산을 상대하기에는 한 수 뒤진다고 할 수 있었다.

셋째, 지역이 부유해야 한다.

돈이 도는 지역. 그런 곳이 흑도문파가 자리를 잡고 세력을 확장하기가 좋다. 그런데 이놈의 산서성은 사실 중원 전체로 치면 가난한 지역에 속했다.

그러니 제대로 돈을 벌어 세력 확장하기 어려운 면이 많다.

이상의 세 가지 이유 때문에 금피문은 세력 확장을 적극적으로 하지 않고 자제해 와야만 했다.

태원이 산서성의 가장 노른자 땅임에도 불구하고 다른 자잘한 흑도문파들이 설치게 만들면서 그들에게 돈을 상납받아 온 것도 그런 이유이다.

그런데 이번에 암귀방이 없어지면서 들어오는 상납금이 줄어들었으니 심기가 안 좋을 수밖에.

"아부지, 뼈를 추리고 싶어도 지금은 안 됩니다."

"왜? 내 돈을 가져간 새끼를 왜 그냥 둬야 해?"

"의선문 놈들이 약삭빠르게도 금련표국과 손잡고 잘 지낸다고 하더라고요."

"아, 씨바! 금련표국 새끼들?"

"네, 금련표국 새끼들이요."

"젠장! 그 미친 새끼는 왜 중질을 하다가 환속하고 지랄이냐? 그럴 거면 중이 되지를 말든가!"

욕설을 내뱉으면서 금피문주 두호는 소리를 꽥꽥 질러댔다.

"그럼 뭐야? 어떻게 할 건데?"

"그래서 말인데, 태원을 한번 뒤집어엎는 게 어떨까 싶은데……."

"뒤집어엎어?"

두연이 두호를 닮은 얼굴로 비열한 미소를 지어 보였다.

"아, 내 자식이지만 참 재수없게 웃는다. 그래서 어떻게 하려는 거야?"

"흐흐 일전에 우리에게 의뢰한 그놈들 있죠?"

"그 두건 쓴 놈들?"

"그놈들이 다시 연락해 왔더라고요."

"오호, 그 돈 많은 새끼들이 다시 일거리를 가져온 거냐?"

"자기들이 산적들을 움직일 테니까 태원을 공격해 달라고 서신을 보내왔어요. 이거하고요."

슥 하고 꺼내는 종이 뭉치.

두호는 그게 전표라는 것을 알아보았다.

"얼마짜리냐?"

"이거 큰 거예요, 아부지."

"그러니까, 얼마?"

슥.

두연이 손가락을 하나 들어 보인다.

"금자 천 냥? 이야! 이 새끼들, 좀 크게 나오네."

"아뇨. 이거 만 냥짜리예요. 금자 만 냥."

"마, 만 냥?"

"그렇다니까요, 아부지."

"만 냥!"

와락!

거대한 손이 종이 뭉치를 쥐어 잡았다.

"맞, 맞아! 만 냥이야! 금자 만 냥! 금마전장의 무기명 전표!"

"대단하죠?"

"잠깐 있어봐. 이 새끼들, 뭐 하는 놈들인데 이리 돈이 많아?"

금피문주 두호가 인상을 썼다.

아무리 생각해 봐도 금자 만 냥이나 써가면서 이런 일을 진행할 만한 게 아닌 것이다.

"이놈들이 뭐 하는 놈들인지 의심스럽긴 한데… 일단 돈은 받아야죠."

"그렇지. 그래야지. 하지만……."

"그렇죠. 우리도 조심해야죠. 이놈들이 언제 뒤통수를 칠지 모르니까."

"일단 이거부터 찾아놔. 그리고 애들 준비해. 하는 시늉이라도 해야지."

"아따, 성격 급하시다니까. 잠깐 기다려 보라니까요."

"응? 왜?"

"이번에 태원을 뒤집는 거랑 관련해서 같이 할 거란 말이에요."

"뭘 같이 해?"

"아직 태원에 우리 밑에 있는 문파가 두 개 있으니까 그놈들이랑 우리랑, 그리고 어디 하나 더 껴서 금련표국을 지워버리자 이 말입니다."

"진선표국은?"

"같이 쓸어버려야죠."

"그거 구미가 당기는구먼. 그러니까 이 금자를 주고 의뢰한 놈들의 장단에 맞추면서 우리가 더 크게 챙기자는 거지?"

"그렇죠. 흐흐흐."

"좋아, 좋은 생각이야. 크크크크. 그러면 언제 시작할까?"

"이 새끼들이 전언을 넣어준다고 하는데, 한 달 안에 준다더라구요. 그전에 우리도……."

"사전 교섭을 해놓자 이거지? 어서 해!"

"흐흐흐! 알겠습니다!"

두 부자는 그렇게 쿵짝이 맞아서 음모를 꾸몄다.

* * *

"곰 같은 여우 놈이 미끼를 물었습니다."

"그래? 잘됐군."

검은 가죽 장화를 신은 사내는 어두운 방 안에서 보고를 받고 있었다.

그는 분명히 일전에 구지신개를 피해서 철수했던 괴집단의 그 사내였다.

"구지신개는 확실히 갔나?"

"현재 광동성에 있습니다."

"발 한번 빠르군. 좋아, 그럼 시작해. 흑점주를 잡아야지. 다행히 흑점주가 이제야 산서성으로 복귀하고 있으니."

"예."

"자, 그러면… 축제를 시작해 볼까."

가죽 장화의 사내는 비틀린 미소를 지으며 중얼거렸다.

*　　*　　*

겨울이 끝나고 봄이 왔다.

아직은 초봄이기에 날씨가 그렇게까지 따뜻해진 것은 아니지만, 그래도 한겨울에 비하면 확연히 풀린 날씨다.

산서성은 고지대이기 때문에 겨울이 길다.

지금도 다른 지역은 이미 따뜻한 곳이 많았지만 여기는 아직 추웠다.

그렇다고는 해도 한 달 전에 비하면 사람들이 많이 활동적이다.

슬슬 밭을 갈고 씨를 뿌릴 준비를 하기 시작한 것이다.

그리고 장호는 유병건 총관을 통해서 대대적으로 사람을 모으고 있었다.

태원에는 빈민 수만 적어도 삼만 명이 넘는다.

그리고 그들 대부분은 제대로 된 일거리가 없다고 할 수 있었다.

"다음."

"중, 중일이라고 합니다."

"이름 중일. 가족은 몇이오?"

"저, 저와 처, 그리고 딸 하나와 아들이 하나입니다."

"오 인 가족이구먼. 딸은 몇 살이고 아들은 몇 살이오?"

꼬장꼬장하게 생긴 중년의 학사가 붓을 들어 서책에 무어라 적으며 질문을 던졌다.

그 앞에는 여기저기 옷을 기워 입은 사내가 서 있다.

그는 제대로 씻지 않아 꾀죄죄하고 말랐다. 그리고 사내의 뒤로 사내와 비슷해 보이는 이들이 길게 줄을 서 있다.

이것이 바로 장호가 추진한 일이었다.

빈민들을 전부 농부로 고용한다.

물론 이들은 약초 농사에 바로 투입될 수는 없었다. 약초 농사는 기존 농사에 비하여 더 높은 수준의 농업 기술을 요하기 때문이다.

다만 이들을 지휘하는 약초 농사의 전문가가 있으면 이들을 이용해 농사를 지을 수 있기 때문에 장호는 미리 약초 농사의 전문가들을 고용한 상태였다.

"자, 여기 있소이다. 이건 잃어버리면 안 되오. 알겠소? 나중에 급여를 받을 때 꼭 필요한 거라오. 이걸 잃어버리면 재발급 받아야 하는데, 그때에는 이 수결을 확인해야 하니까 시간이 꽤 걸리거든."

"감, 감사합니다."

"가보시구려. 다음!"

중년 학사의 말에 사내는 나무로 만든 증패를 받아 들고는 옆으로 비켜섰다.

그렇게 태원의 빈민들이 선문의방에 고용되기 시작한 것은 그야말로 순식간이었다.

*　　*　　*

많은 돈이 들어가는 일이다. 그러니 일의 진행 사항을 확인해 보지 않을 수가 없다.

도리어 이런 일을 제대로 확인하지 않는다면 고용주 실격이다.

"얼마나 고용했죠?"

때문에 장호는 유병건 총관과 하루에 한 번 하는 저녁 보고 시간에 이 일에 대해서 묻지 않을 수가 없었다.

"우선적으로 육천여 명을 고용했습니다."

유 총관은 간단하게 대답했다.

서류를 보여주지도, 다른 설명을 하지도 않았다. 하지만 그것만으로도 충분했다.

"빠른 시간 안에 꽤 많이 구했네요. 자금은 넉넉하니 더 고용하세요. 약초 농지 외에 식량 생산을 위한 농지는 어떻게 되었습니까?"

장호는 장기적인 미래를 내다보고 이미 곡물 농지의 매입도 지시한 바가 있다.

이에 대해서는 유병건도 충분히 통감한 일이다.

장기적으로 한 번 수확 시 이십만 명이 일 년간 먹을 수 있는 곡물을 생산하는 것이 바로 장호의 계획이고, 유병건은 그에 맞추어 농지 매입을 추진해야만 했다.

"그쪽도 이미 구입 완료했습니다. 태원 근처의 황무지 중 이 할을 사들였으니 걱정 안 하셔도 됩니다. 겨울이라 그런지 쉽게 매입할 수 있었습니다."

유병건은 가볍게 진행된 일에 대해서 보고했다.

이십만 명이 일 년간 먹을 수 있는 곡물을 생산할 수 있는 토지.

그 크기는 어마어마하다고 볼 수 있다.

사들인 약초 농지의 수십 배에 달하는 크기이기 때문이다.

최종적으로 태원에 존재하는 빈민 삼만여 명 중 적어도 이만여 명은 농지에서 일하게 될 것이다.

"농업용수 확보도 제대로 해주어야 하니 신경 써주시고, 집은 어떻게 되었나요?"

이제 곧 씨를 뿌려야만 한다. 그러기 위해서는 농지에서 일하는 농부들이 기거할 집도 있어야 했다.

"이미 황무지의 개간 작업을 하고 있고, 동시에 농지 곳곳에 작은 단위의 마을을 만들고 있습니다. 대신 돈이 꽤 들어가고 있기는 합니다만……."

"얼마나 썼죠?"

"농지 구입비는 얼마 들지 않았지만 마을을 만드는 일 때문에 금자로 이천 냥이 소모되었습니다."

"오늘까지 고용된 육천여 명이 거주할 마을 겸 집 때문에 그만큼 들었다는 거죠?"

"예, 방주님."

"흠. 앞으로 적어도 일만사천여 명은 더 고용할 테니까……."

"추가로 금자 오천 냥은 더 들어갈 겁니다. 그렇게 되면 딱 이만여 명이니까요. 그리고 이만여 명을 고용하고 나서 그들에게 다음 가을의 수확기 전까지 반년간 급여를 지불해야 하니 여기서 추가로 매달 금자 천오백 냥씩은 나갈 예정입니다. 정확하게 계산하면 달라지겠지만, 사 인 가구에 은자 석 냥을 책정했을 때의 예상 금액이지요."

"초기에 금자 칠천 냥을 쓰고, 이후에는 매달 금자 천오백 냥씩 나간다 이 말이로군요."

"예, 방주님."

"어디 보자. 지금 의방의 수익은……."

장호가 서책을 뒤적거리자 옆에서 유병건이 장호가 보고 싶어 하는 곳을 찾아서 열어주었다.

"여기 있습니다, 방주님. 현재 선문의방은 월 금자 칠백 냥의 수익을 올리는 중입니다. 이는 방주님의 노강환 수익을 배제한 금액이지요."

선문의방은 분명 값이 싸다.

하지만 그것은 빈민과 일반인의 경우만 그렇다.

부호까지 갈 것도 없이 조금 잘사는 이들에게는 제법 많이 받는다.

지금은 문 닫고 사라진 의방들과 비슷한 수준이라고 할까?

그런데 현재 다른 의방은 모두 문을 닫았고, 태원의 모든 환자가 선문의방으로 오다 보니 수익의 흑자 폭이 매우 커진 것이다.

월 금자 칠백 냥은 그만큼 큰돈이니까.

"노강환으로 들어오는 돈이 지금 금자 이천사백 냥, 거기에 칠백 냥을 합하면 삼천백 냥. 여기에서 매달 천오백 냥이 나간다고 하면……."

"월 금자 천육백 냥이 남게 됩니다."

"이렇게 해도 흑자라니 새삼 놀랍네요. 부호들은 대체 돈을 얼마나 가지고 있는 건지."

"그러게 말입니다. 그들은 베풀 줄을 모르지요."

유 총관은 씁쓸한 미소를 지어 보인다.

"그러면 문제점은 없겠군요. 보의단은 어떻죠?"

"잘 적응 중입니다. 현재 선문의방의 호위를 삼교대로 행하고 있는 중입니다."

"하긴 무공도 잘 따라오더라고요. 이대로 성장하면 큰 힘이 될 거 같아요."

"모두 방주님 덕분입니다."

장호는 그런 유 총관의 말에 답하지 않고 희미하게 웃었다.

"유 총관, 예전에는 말이죠, 세상이 참 어려웠습니다. 가진 것 하나 없는 맨몸으로 의술을 배우고, 돈을 벌고, 삶을 살아간다는 게 말입니다."

갑작스러운 장호의 말에 유 총관은 귀를 기울인다.

"유 총관도 경험해 봤을 테죠? 이 세상은, 그리고 사회는 결코 우리를 편안하게 만들어주지도, 행복하게 만들어주지도 않는다는 것을 알 겁니다."

"예. 부패한 관리들, 흔들리는 국가, 뒤틀리는 법. 확실히 그렇지요."

"스승님께서는 저에게 사람을 구하라고 하셨는데… 사람을 구하려면 어떻게 해야 할까요?"

"하시던 대로 하시면 되지 않겠습니까?"

"아니, 아닙니다. 제가 생각할 때… 사람을 구하기 위해서는……."

그때였다.

벌컥!

"방주님, 급한 일입니다."

딱딱하게 굳은 얼굴의 사마충이 문을 열고 들어섰다.

"무슨 일입니까, 보의단주?"

"금피문이 움직이고 있다는 정보입니다."

"금피문이?"

장호의 표정에도 이채가 서렸다.

第四章

우리 형 솜씨가 대단하지?

가족의 성공은 기쁨이 된다.

가장

불을 지배해야 한다. 네가 불에 지배되지 않고 네가 불을 다스려라!

무슨 용이 말 뼈다귀 씹어 먹는 소리냐고?

이게 바로 장삼이 스승에게 배운 가르침 중의 하나이다. 물론 말만 놓고 보면 이상하기 짝이 없지만, 세부 내용을 들으면 납득이 가게 된다.

장삼이 최초로 요리 스승으로 삼은 사람은 바로 명진서의 객잔에서 숙수로 일하고 있는 염철방이었다.

그의 밑에 있을 적에 이런 소리를 자주 들었다.

불을 지배하라는 것은 불의 열기를 충분히 식재료에 닿게 할 수 있는 손놀림과 감각을 가지라는 말.

즉 중화요리의 중요한 기술 중 하나인 철과(鐵鍋:중국식의 크고 넓은 반원형의 냄비를 뜻함) 흔들기의 기본에 대한 것을 뜻하는 것이다.

중화요리에서 이 철과는 거의 만능 조리 도구다.

탕이나 국을 끓일 때에도 쓰지만 볶기도 하고 찔 때도 쓴다.

특히 볶음 요리의 경우 철과 흔들기는 몹시 중요한 기술이라고 할 수 있었다.

문제는 이 철과 흔들기라는 것이 반쯤은 선천적 재능에 기반을 둔다는 것.

손의 섬세함은 선천적인 재능에 좌우되기 때문이다.

그나마 장삼은 장일에게 원접심공을 배워 내공 덕분에 일류 숙수만큼의 감각을 가지고 있었고 그 덕에 염철방의 요리 지도를 잘 따라갈 수 있었다.

장삼은 염철방 밑에 있을 때 전반적인 요리의 기초와 식재료를 다듬는 법, 물을 사용하는 법 등을 배웠다.

그리고 지금은 도삭면의 달인으로 알려진 면가객잔의 주인 면구한을 스승으로 모시며 칼을 다루는 법과 면을 만드는 법을 배우고 있는 중이다.

면구한은 과거 황궁의 숙수를 지낸 이에게 면의 비법을 전수받았고, 지금에 와서는 태원에서 면 요리로는 따를 자가 없다고 했다.

다만 그는 특별한 요리는 가끔 만들 뿐이고, 대부분의 시간을 우육도삭면을 만드는 데 보냈다.

물론 그는 도삭면 외의 요리에도 뛰어난 실력을 가진 특급의 숙수였다.

태원에서 그보다 요리를 잘하는 사람은 없다고 해도 과언이 아닐 정도이다.

다만 그는 호화로운 요리 만드는 것을 그리 좋아하지 않아서 면가객잔을 운영해 서민들 대상으로 장사를 하는 중이다.

그런 면구한이 장삼을 제자로 받은 것에는 이유가 있었다. 바로 하오문의 부탁 때문이다.

면구한은 과거 하오문에 신세를 진 적이 있고, 때문에 하오문의 부탁을 거절하기 어려웠다.

물론 사례금을 두둑이 받았기 때문이기도 하다.

하지만 제자로 받은 장삼이 성격도 싹싹한데다가 눈치도 빠르고 솜씨도 제법이어서 더욱 그를 흡족하게 만들었다.

때문에 면구한은 자신의 요리를 아낌없이 가르쳤다.

다만 그의 수십 년 숙련된 기술을 모두 전수받으려면 적어도 삼사 년은 걸린다.

사실 하오문의 부탁과 두둑한 사례금이 아니었다면 이렇게 빠르게 가르치지 않았을 테니 적어도 십 년은 그의 밑에서 일해야 했을 터다.

쿵덕쿵덕.

동생 덕분에 좋은 스승 밑에서 면 요리를 배우게 된 장삼.

그는 지금 면을 만들 반죽을 만드는 중이다. 면 요리의 생명은 뭐니 뭐니 해도 면 아니겠는가?

제대로 만든 면이야말로 진정한 면 요리의 승부를 가린다.

면의 종류에는 여러 가지가 있지만, 면구한은 극태면을 쓴다.

극태면이 무엇이냐면 탄력을 극도로 높인 면이라고 보면 된다.

유명한 면 요리 중에는 용수면(龍鬚麵)이라고 하는 수타면이 있다. 용의 수염처럼 가느다랗다고 해서 용수면이라고 이름 붙은 것인데, 몹시 가늘고 식감도 좋다고 알려져 있다.

그러나 반대로 탱글탱글한 식감을 자랑하는 극태면도 인기가 있다.

주로 북방 지대에서 극태면을 많이 먹는데, 면구한의 도삭면은 이 극태면을 쓴다.

다만 극태면을 만들려면 반죽할 때 특별한 기술과 지치지 않는 체력, 그리고 강한 힘이 필요했다.

당연히 무공의 고수나 용력을 타고난 거인이 아니라면 극태면을 만들기 어렵기 때문에 극태면을 주업으로 하는 숙수들은 극태면을 만들기 위한 특별한 도구를 만들어야 했다.

그렇게 나온 것이 압축 절구다.

몇 가지 도르래와 장치를 연결하여 만든 것으로 절구공이를 무서운 힘으로 내려찍는 절구이다.

이걸 가동하기 위해서는 작은 물레방아가 필요하고, 북부에서는 이 기계 장치를 가진 이가 제법 많았다.

극태면 때문이다.

물론 이 장치만 있다고 해서 모두가 맛있는 극태면을 만드는 것은 아니다.

밀가루와 섞어야 하는 몇 가지 비밀스러운 재료야말로 극태면의 비전이었으니까.

그리고 장삼은 바로 그 비전을 배운 상태이다.

다만 비전을 배웠다고 해서 만들 수 있는 것은 아니다.

비전의 재료 외에도 이 압축 절구를 사용해서 반죽을 만들 때 필요한 기술이 있어야 하기 때문이다.

쿵덕쿵덕.

삭, 사삭.

절구로 찧기 전 장삼은 손을 번개처럼 집어넣어 안의 반죽을 뒤집었다.

순서에 맞춰서 해야 하는 일로 잘못했다가는 손이 으스러져 버린다.

게다가 반죽을 뒤집는 방법, 각도, 그리고 뒤집으면서 추가로 넣어야 하는 재료들 때문에 이 작업은 극히 위험하기도 했다.

쿵덕쿵덕.

땀을 흘리며 한 시진 정도 반죽을 했을까.

그제야 장삼은 물레방아와 연결된 부분을 제거하여 압축 절구를 멈추고 허리를 쭈욱 폈다.

"으아, 다 끝났다."

이것이야말로 면가객잔의 도삭면 맛의 비밀이다. 이 맛은 어디를 가도 맛볼 수가 없다.

"이거 나중에 만들려면 힘들겠는데. 무공을 더 배워야 하나."

장삼은 반죽을 압축 절구 안에서 꺼내며 중얼거렸다.

위험한 작업이니만큼 밀폐되어 외부의 방해를 받지 않는 곳에 만들어진 제면실.

장삼도 이런 제면실을 못 만들 것은 없지만, 매일 이렇게 면을 만들 반죽 덩어리를 준비해야 한다는 것은 꽤나 힘든 일이 아닐 수가 없다.

그렇다고 제자를 들인다는 것도 마땅한 일이 아니다.

꽤나 위험한 일이므로 제자가 실수라도 하는 날에는 손을 다친다.

장삼은 동생인 장일에게 무공을 배웠고, 지금도 무공을 꾸준히 수련 중이다.

지금에 와서는 제법 경지에 이르렀기 때문에 감각이 일반인보다는 두세 배 정도 뛰어난 상황.

그러니 다른 이들에 비해서 수월하게 도삭면의 반죽을 만드는 중이다.

사실 그의 내공은 지금 십이 년이나 된다.

십이 년이면 강호에서 일류는 못 되어도 이류에서도 강한 축에 들어간다는 것을 그는 알까?

물론 공격과 방어를 위한 무공 초식 수련은 그다지 하지 않았지만, 여하튼 근력과 체력을 비롯한 신체적 능력은 몹시 뛰어나다고 할 수 있었다.

저벅저벅.

기름종이에 반죽을 싸서 반죽을 재워두는 창고로 향하는 장삼.

안으로 들어가니 몇 개의 반죽이 고요히 숙성되고 있다.

이 역시도 면구한의 비전 중 하나다. 면이라는 것은 숙성시키면 맛이 좋아진다는 것을 몇 명이나 알겠는가?

숙성실의 한쪽 비어 있는 자리에 반죽 덩어리를 집어넣은 장삼은 문을 잘 닫아걸고 밖으로 나왔다. 그리고 자물쇠로 문도 잘 잠갔다.

이거야말로 면가객잔의 주요 자원이니 보안을 철저히 할 수밖에.

여하튼 그렇게 해놓고 객잔의 주방으로 향한 장삼은 재빠르게 청소를 시작했다.

해가 뜨기 전 새벽에 일어나 반죽을 만들고 주방을 청소한다.

비록 장삼이 돈을 받고 제자로 들어왔다고는 하지만, 허드렛일은 반드시 해야만 했다.

그게 바로 주방의 규칙이니까.

장삼 밑으로 장삼의 사제가 들어온다면야 그때에는 장삼도 허드렛일에서 해방되겠지만 그전까지는 아니다.

그리고 사실 그렇게 힘든 일도 아니다.

장삼에게는 원접진기가 십이 년 치나 있고, 이 정도면 보통 사람보다 두 배 더 피로 회복이 빠르기 때문이다.

척척.

물을 뿌리고 걸레질을 하면서 정리를 도맡아 했다.

그러다가 문득 장삼은 시선이 느껴져 고개를 돌렸다.

"헉!"

거기에는 한 명의 평범하게 생긴 청년이 앉아 있다.

장삼을 닮은, 그러나 장삼보다 못생기고 평범하다고 할 수 있는 청년이다.

"노, 놀라라. 언제 왔어?"

"방금."

장삼의 동생 장호다.

태원에서는 모르는 이가 없을 만큼 유명한 신의라는 별명을 가진 동생.

장삼은 그런 동생 장호가 자랑스러웠다.

장호 덕분에 도삭면의 달인 면구한의 제자가 된 것을 알기 때문에 더더욱 그랬다.

"바쁜데 왜 왔어? 부르면 내가 갈 건데."

"형을 오라 가라 하는 동생이 어딨어?"

"그래도 그러는 게 아냐. 네가 바쁘냐, 내가 바쁘냐? 게다가 요새 약초 농사 한다고 일 벌였다면서."

장삼은 객잔에서 일하면서 이런저런 이야기를 들었다. 사실 가장 많은 이야기를 들을 수 있는 곳이 바로 객잔이 아닌가.

"아침 안 먹었지? 내가 그래도 두 가지 요리는 허락받았거든. 만들어줄게."

"형이 해주는 밥 좀 먹어볼까? 흐흐흐. 나보다 잘하려나?"

"야, 내가 이래봬도 면 대숙수님께 두 가지는 만들어도 좋다고 허락받은 몸이야! 먹어보면 혀가 살살 녹을걸."
"정말? 기대할게."
"나가서 잠깐만 기다려."
"알았어, 형."
장호는 순순히 주방을 나왔다.
장삼이 문밖을 보니 정문에는 점소이 홍구가 꾸벅꾸벅 졸고 있다.
쯧쯧, 저 녀석, 면 대숙수님에게 걸리면 경을 칠 텐데.
혀를 차면서 장삼은 요리를 만들기 시작했다.
소채볶음과 소면이 바로 장삼이 허락받은 두 가지 요리다.
소면에 쓸 육수는 이미 준비되어 있으니 면만 삶으면 된다.
장삼은 어제 쓰다 남은 반죽을 꺼내어 두툼하게 썰어 면을 준비하고, 야채 몇 가지를 가져와 잘게 자른 뒤 철과에 넣고 볶기 시작했다.
치이이익, 치이이익.
좌아아악!
철과가 흔들거리면서 불꽃이 솟아오른다. 그리고 야채가 익기 시작하면서 향긋한 냄새가 풍긴다.
양념을 치고 다시 흔들자 소채볶음이 완성되었다.
척.
소채볶음을 접시에 담아내고 소면을 삶기 시작했다.

이윽고 소면과 소채볶음이 준비되었고, 장삼은 웃으면서 요리를 밖으로 가지고 나왔다.

“자, 음식 나왔다.”

“이야, 향기가 죽여주는데?”

“이 형님 솜씨를 못 믿는 거야?”

“못 믿는 건 아니고, 그저 집에서는 내가 요리 다 했으니까.”

“흐흐. 수준이 달라, 수준이. 알긋냐?”

“먹어보면 알겠지. 어디 보자.”

후루룩.

일단 면을 한입 먹어보는 장호. 그리고 이어서 소채볶음을 먹는다.

우물우물.

그 모습을 웃으며 지켜보는 장삼의 표정에 흐뭇함이 떠올라 있다.

가족이 자신이 만든 요리를 맛있게 먹어준다는 것은 그 무엇과도 바꿀 수 없는 기쁨이기 때문이다.

“우와! 이거 엄청 맛있어!”

“흐흐흐, 이 육수도 내가 만든 거야. 면의 반죽도 내가 한 거고.”

“정말? 이 정도면 국수집 차려도 되겠는데?”

"야, 무슨 요리를 소면 하나만 파냐? 적어도 도삭면은 완전히 익혀야지."

"그래도 놀랐어. 이제 몇 개월인데 그 안에 이렇게 맛있는 요리를 배울 줄이야."

"후후후, 이 형님 솜씨가 어떠냐?"

"최고야!"

장호는 엄지를 치켜들었다.

형의 요리 솜씨는 그야말로 과거와는 천양지차였던 것이다.

"우리 형, 이제 엄청난 숙수인데?"

"후후, 몇 년 만 기다려. 이 형님이 산서성 제일의 숙수가 되어주마."

"기대할게."

행복을 담은 미소가 장호의 얼굴에 그려진다.

"근데 뭐 하러 왔어?"

"시간이 좀 나서 형 얼굴 보러 왔지. 큰형도 보러 가긴 해야 하는데……."

"그러고 보니 형은 어떻다더냐?"

"소식에는 잘 지낸다고 하더라고. 무공도 열심히 배우고 있고. 제법 뛰어나다는 소리도 듣는다던데?"

"그래? 형이 강호인이 되다니……."

"뭐 어때서?"

"아니. 사람이 사람을 죽인다는 게… 참."

장삼의 말에 장호는 그저 아무 말 없이 요리를 먹어치웠다.

"끄윽, 잘 먹었다."

"그랴. 잘 먹었어?"

"그럼. 울 형 요리인데."

다시 엄지를 들어 올리는 장호. 그 모습에 장삼은 함박웃음을 지어 보였다.

"참, 수련은 꾸준히 하고 있지?"

"당연하지."

"그거 계속해. 건강에 좋으니까. 그럼 나 갈게."

"벌써 가려구?"

"형도 일해야 하잖아. 쉬는 날에 봐."

"그래, 그럼 들어가라."

장호는 객잔을 나섰다.

그런 동생의 등을 장삼은 보이지 않을 때까지 계속 지켜보았다.

* * *

"이쪽에 열 명 배치하도록 하세요."

"예, 알겠습니다."

"추가로 문도를 받아들이는 일은 어떻게 되었습니까?"

"제가 알고 있는 이들을 끌어모으는 중입니다."

"군인 출신의 낭인 맞죠?"

"예. 현재 스무 명 정도는 이곳으로 오겠다고 전언을 보내왔습니다. 모두 믿을 만한 실력을 가진 이들입니다."

"좋아요. 그들 외에도 더 받아들이세요."

"최종적으로 몇 명까지 확장해야 합니까?"

"삼백 명. 적어도 이류 이상으로."

"알겠습니다."

장호는 면가객잔을 나오면서 밖에서 대기 중이던 보의단주 사마충과 대화를 나누었다.

가족을 보호하는 것을 게을리할 수 없으므로 미리미리 준비해야만 한다.

第五章

이놈들을 다 쓸어버려야지, 원

대청소는 중요하다.
안 하면 집이 엉망이 되니까.

어떤 사람의 의견

"금피문이라……."

장호도 금피문에 대해서 제법 알고 있긴 하다.

산서성 제일의 흑도문파로서 악당이 할 짓은 다 하고 다니는 놈들이다.

전생에 강호가 출두할 적에도 살아 있던 놈들인데, 장호의 나이 서른 즈음에 멸문당한 것으로 알고 있다.

지금 장호의 나이가 열여섯.

그러니 금피문의 멸문은 앞으로 십사 년이나 지난 이후의 일이라는 말이다.

금피문은 금련표국이 무너진 이후 크게 날뛰기 시작하는데, 그 배후에 황밀교가 있다는 추측이 있었다.

물론 그 이야기도 장호가 서른두 살쯤 강호의 풍문으로 들은 것이니 그 사정이 어떤지는 알 수가 없다.

여하튼 금피문은 그렇게 강한 문파는 아니지만 그렇다고 얕잡아볼 수도 없는 놈들이다.

선인보다 악인이 더 잘 싸운다.

왜냐하면 악인은 수단과 방법을 가리지 않기 때문이다.

다만 지금의 상황이 매우 이상했다.

금피문은 엄연히 금련표국의 아래다.

비록 금련표국 절반 정도의 인원은 늘 표행을 다녀야 하기에 본진에는 없지만, 그렇다 할지라도 금련표국이 금피문보다 강한 것은 당연하다.

또한 태원에는 진선표국도 있다.

일전에 황밀교의 습격을 받아서 큰 타격을 받았다고는 하지만 아직 그 전력이 없어진 것은 아니며 국주인 진마건은 초절정의 고수로서 금련표국의 번청산에 버금가는 자다.

금피문의 문주는 고작해야 절정.

비록 흑피마공과 천생 용력으로 초절정고수에 준하는 무력을 가졌다고는 하지만 그렇다 해도 금련표국주와 진선표국주를 상대하기에는 무리가 있다.

그런데 금피문이 태원을 노린다?

"쯧. 황밀교가 포기를 안 하는군. 대체 이놈들이 노리는 게 뭐지?"

장호는 골머리를 싸맸다.

이건 확실히 황밀교가 뒤에서 조종하는 일일 터이다. 안 그럴 수가 없다.

그러나 전생에서도 황밀교는 산서성에서 분탕질만 쳤지 점거한 적이 없다.

대체 이놈들은 산서성에서 뭘 원하기에 이렇게 일을 자주 벌인다는 말인가?

뭐 때문에?

"젠장, 골치 아프게……."

장호는 머리를 감싸 쥔 상태로 이마를 찌푸렸다.

이건 정말 짜증나는 상황이 아닌가?

게다가 장호 그 스스로가 황밀교를 처리하기에도 문제가 있다.

장호는 아직 절정고수니까.

그나마 초절정고수도 처리할 수 있는 극독을 다량으로 만들어놨긴 하다.

바로 초오독.

초오독은 신경에 작용하는 극독이다.

이걸 바른 단검, 혹은 쇠구슬 같은 것을 투격공을 사용해 던져 격중시키면 초절정고수라고 해도 독에 특별한 면역이 생기는 내공심법을 익혔거나 내공이 일 갑자 이상이 아닌 경우엔 즉사한다.

내공이 일 갑자 이상의 경우라고 할지라도 그 전력이 오 할 이하로 떨어져 버리는 극독.

이 갑자는 되어야 이 초오독을 억누르고 평소와 다름없이 싸울 수 있지만, 초오독을 억누르기 위해서는 내공을 사용해야 하므로 평소보다 진기 소모가 빠를 수밖에 없다.

즉 여러모로 강력한 극독인 것이다.

단점은 반드시 먹이거나 몸에 직접 독이 들어가야 한다는 것.

피부 위에 부어봤자 별다른 효과가 없다.

그래서 암기에 발라서 사용하는 것이다.

물론 투격공은 암기술이라기보다는 일종의 단거리용 원격 공격 기술에 가깝다.

장호가 바늘이나 단검류를 가지고 다니는 이유가 여기에 있다.

장호가 한 번에 가지고 다니는 단검의 수는 서른 개.

전부 초오독이 듬뿍 발라진 것으로, 한 명당 하나씩 격중한다 했을 때 서른 명을 죽일 수 있는 양이다.

거기에 초오독을 듬뿍 바른 쇠못처럼 생긴 암기를 오십여 개 가지고 다닌다.

즉 홀로 팔십여 명 정도를 참살할 수 있는 양이다.

이 정도면 중소 문파 정도는 혼자서 정리할 수 있다고 보아도 좋다.

다만 상대가 초절정고수라면 이야기가 달라진다.

그리고 금피문처럼 외공을 익혀 몸에 상처를 제대로 내지 못할 경우에도 이 독을 사용하기가 곤란하다.

"좋아, 우선 정보부터 알아볼까."

장호는 자리에서 일어섰다.

장호가 아는 정보는 전부 전생에 들었던 것뿐. 금피문에 무인이 몇 명이나 있는지, 전력은 어느 정도인지 알아봐야 할 때였다.

스륵.

의복을 갖추어 입고 장호는 방문을 열고 나왔다.

날이 이제는 조금씩 따스해진다. 하지만 산서성은 앞으로도 좀 더 추울 것이다.

* * *

월향각.

장호가 일전에 하오문과 접선한 곳이지만 사실 하오문 태원지부가 바로 이 월향각이다.

그냥 그럴듯한 기루이기에 들어갔는데 거기가 바로 장호가 찾던 하오문의 근거지인 셈.

물론 우연에 불과한 일이지만 장호는 별로 신경 쓰지 않았다.

월향각은 밤을 맞이하여 크게 등불을 켜고서 지나가는 행인들을 유혹하고 있는 중이다.

장호가 바로 그 월향각의 앞으로 걸음을 옮기고 있었다. 누가 보면 월향각에 놀러 온 것처럼 보이지만, 사실 그가 하오문에 접선하러 온 것은 강호인이라면 누구나 눈치챌 만한 일이다.

"어이쿠! 어서 오십시오, 신의님. 자자, 이쪽입니다."

처음에 장호를 맞이하던 그 점소이가 장호를 보더니 반색하며 달려와 허리를 굽실거린다.

장호의 얼굴은 꽤나 알려져 있기 때문에 장호를 알아보는 이도 제법 많았다.

그래서 장호도 딱히 자기 신분을 감출 생각은 하지 않았다.

기루 다닌다는 소문 좀 나면 어떠랴.

"예홍이 있나?"

"그럼은요. 신의께서 오실 줄 알았는지 마침 오늘은 어떤 손님도 안 받고 있는데요."

"그러면 예홍이 좀 불러주게."

장호가 은자 하나를 던졌다. 점소이는 다시금 호들갑을 떨었다.

"자, 이쪽으로 오시지요!"

앞장서서 육층 꼭대기로 가는 점소이.

이 태원에서 장호는 최고의 고객 중 하나라고 할 수 있으니 당연하다면 당연한 조치다.

이 월향각의 육층은 아주 특별한 손님만이 들어올 수 있는 곳이다.

과거 왔던 곳보다 더 넓고 화려한 방으로 안내된 장호가 앉자마자 요리가 우르르 들어왔다.

요리가 차려지고 우두커니 혼자 앉아 있는 장호의 눈앞으로 아름다운 여인이 사뿐거리는 발걸음으로 들어섰다.

예홍.

그 인상은 강렬한 불꽃을 닮았다. 색정적이고 활기와 정염으로 가득해 보이는 모습.

어쩌면 치켜 올라간 눈꼬리와 눈 밑의 점 때문에 그런 것일지도 모른다고 장호는 생각하며 그녀를 바라보았다.

예전보다도 더 색기 어린 모습은 어째서인지 몹시 요염해 보인다.

그렇군. 유혹하려는 건가.

장호는 나이는 많지 않지만 그렇다고 해서 경험이 없는 것은 아니다.

강호를 떠돌고 의무쌍수로서 이름을 알리게 되기까지 겪은 일들은 장호를 닳고 닳은 강호인으로 만들어주었으니까.

여이빙과의 일도 있지만 장호를 유혹하여 사기를 치는 여성도 많았다.

어쩌면 그런 일들 때문에 장호가 누군가를 사랑하지 못한 것일지도 모른다.

아버지와 어머니를 잃고 장호를 위하여 힘써온 가족의 죽음은 어린 장호에게 깊은 마음의 상처를 남겼다.

그 모든 것,

그것들이 장호에게 여인과의 사랑이라는 감정을 가지지 못하게 하는 원인일 터였다.

장호도 남자이기에 성욕은 있지만, 그것은 사랑과는 다른 것이지 않는가?

여이빙과는 분명 좋은 관계였지만, 그녀와 연인이 되지 못한 것도 그런 이유일 터다.

그리고 아마 여이빙도 장호와 같은 입장이었겠지.

“오랜만에 뵙습니다, 공자님.”

“응, 오랜만이로군. 그간 잘 지냈나?”

"소녀는 음을 팔며 잘 지내고 있었지요. 공자님께서는 어떠신가요? 풍문으로는 농지를 구입하셨다 들었습니다."

그녀는 안으로 사뿐사뿐 들어서며 장호와 대화를 나누었다. 그리고 장호의 옆에 다소곳이 앉았다.

품에 비파를 품고 앉은 그 모습이 몹시도 고혹적이다.

장호가 말없이 술잔을 들자 그녀는 비파를 옆에 조심히 내려놓고 술병을 들어 잔에 따랐다.

쪼르륵.

잔에 술이 찼다. 장호는 그 잔을 들어 바라보다가 그녀에게로 눈을 돌렸다.

"약재 값이 꽤 들어서 시작한 일이야. 그리고 사문의 유지를 위해서이기도 하고."

"사문의 유지라시면……."

"사람을 구하라. 그게 본 문의 유지이지. 의와 협을 행하라. 개방의 방규와 비슷한 것이거든."

쭈욱.

장호가 술을 한잔 들이켰다.

화끈한 술 향이 몸 안에 퍼진다. 그러나 이내 그것은 녹듯이 사라졌다.

보통 강호인들은 내공을 운용하지 않으면 취할 수 있다. 그러나 선천의선강기는 운용하지 않아도 육체를 강건하게 만드는 힘이 있다.

때문에 장호는 취하지 않았다.

"훌륭한 문규군요. 그래서 자선사업을 하고 계신 건가요?"

"그런 거야. 그리고 본래 있던 의방들은 그런 내가 하는 일에 방해되어서 치워 버린 것뿐이고."

장호는 거기까지 말하고서 히죽 웃었다.

"태원의 의료업계는 이제 모두 장악했지. 그리고 사람들도 이제는 나를 따른다. 적어도 이만 명, 그리고 그에 따른 돈의 흐름. 태원은 이미 내 손안에 있는 셈이고, 곧 산서성 전체가 내 손안에 들어오게 되지."

장호의 말은 무서운 것이었고, 또한 갑작스럽기도 하다.

그 말에 예홍의 웃던 얼굴이 딱딱하고 굳고 새파랗게 변했다.

"갑, 갑자기 왜 그런 말씀을……."

"아니, 슬슬 하오문도 내 행보에 관심을 가질 것 같아서. 그리고 하오문과 할 이야기도 있고. 예홍 너는 하오문 사람이잖아? 위치가 어느 정도 되는지는 나도 모르겠지만, 그래도 일반 정보원보다는 직위가 높다는 것은 예상 가능하니까."

장호는 그렇게 말하고서 잔을 내밀었다.

애써 안색을 회복한 예홍은 그런 장호의 술잔에 술을 따랐다.

"나는 산서성 전체를 내 손에 넣을 거야. 돈을 이용하는 거지. 돈이면 귀신도 부릴 수 있잖아?"

말을 마치고서 그는 술잔을 다시 털어 넣었다. 꽤나 부드러운 맛이지만, 독한 술을 한 번에 들이켜고 있음에도 그는 취하지 않는다.

"그리고 최근 군병 출신의 낭인들을 모으셨지요?"

술병을 다시 들며 예홍은 그 어여쁜 섬섬옥수를 은근슬쩍 장호의 손에 부딪쳤다.

매끄러운 감촉이 장호의 손에 느껴졌지만 장호는 그저 피식 웃을 뿐이다.

"맞아. 돈을 지키려면 무력이 있어야지. 그리고 나는 다른 부호들과는 다르고."

피식 웃은 후 무서운 이야기를 장호는 아무렇지도 않게 한다.

그것은 예홍에게 더욱 큰 긴장감을 주었다.

"예. 의선문의 문주시니까요."

우선 적당히 맞장구를 치는 예홍. 그러나 두 눈동자에는 긴장이 가득하다.

"나는 금력과 무력 두 가지를 전부 손에 넣을 거야. 그리고 동시에 권력도 손에 넣을 생각이지."

순간 예홍의 말이 끊겼다.

무거운 침묵이 잠시 방 안을 지배했다. 예홍은 그 분위기를 깨려는 듯 억지로 밝은 목소리로 입을 열었다.

"그게 가능하다고 생각하시나요?"

가능한 것인가?

재력, 무력, 그리고 권력. 이 세 가지를 전부 얻을 수 있는 것인가?

"가능해. 누구나 목숨은 소중하잖아? 직접적으로 무력에 의해서 위협을 받든 병마에 의해서 위협을 받든 매한가지지. 내가 의원이라는 것을 잊은 건 아니겠지?"

"하지만 그것만으로는……."

"후후, 가능해. 돈을 먹고, 생명을 저당 잡히고, 이쪽에 힘이 있다는 것을 알게 된다면."

장호의 말은 위험천만한 것이지만, 그녀는 내색하지도 반박하지도 않았다. 그저 의아할 뿐이다.

"그래서 공자님은 무엇을 바라시나요?"

어디서 이런 괴물이 튀어나온 것일까?

겨우 약관도 되지 않은 사람이 이런 계획을 세울 수 있는 것인가?

하오문은 장호에 대해서 많은 것을 안다.

장일, 장삼, 장호 삼형제에 대해서도 알고 있다는 의미다.

정보로 먹고사는 문파이니 그것은 당연한 일일지도 모른다.

장호는 분명 현재 나이 열여섯.

비록 그 몸은 스무 살 정도로 보이지만 그것은 전대 의선문주가 격체전공으로 내공을 모두 전수해 주고 귀천했기 때문임도 알아냈다.

일 갑자가 넘는 내공을 가진 장호가 의선문의 비전 수련법에 의해서 빠르게, 그리고 강하게 성장했다는 것을 알고 있는 셈이다.

하지만 그것과 이것은 별개의 문제다.

이런 심계라니?

아직 열여섯 살이면 강호에서는 아직 애송이 취급을 받을, 혹은 어린아이 취급을 받을 나이다.

어린아이가 닳고 닳은 노강호보다도 더 지독하지 않은가?

"하오문에서 정보를 주었으면 좋겠어. 아주 적극적으로. 돈은 내지. 다만 내가 청하기 전에 먼저 정보를 전해줬으면 한다는 거지. 거절해도 괜찮지만, 수락한다면 그에 따른 보상을 하지. 어떤가?"

"그, 그것은 소녀가 결정할 수 없는 사항이에요."

"알아. 내 의견을 하오문에 전하라는 것뿐이야."

장호는 그렇게 말하고는 잔을 내려놓았다.

"그리고 당장 필요한 것도 있고. 금피문 놈들이 움직인다더군. 하지만 그놈들이 미치지 않고서야 금련표국이 멀쩡하게 존재하는데 이쪽으로 올 리가 없잖아?"

"그 일 말씀이시군요."

"그래, 그 일. 금피문 외에 혹시 다른 흑도문파들이 움직이는지 알아보고, 바로 연락을 주면 좋겠어. 그리고 혹 배후를 알 수 있다면 좋겠고."

"왜 그러시는지 알 수 있을까요?"

그 질문에 장호는 빙그레 미소를 지어 보인다.

"이 기회에 흑도문파를 전부 절멸시키려고. 서민들을 구하려면 그런 놈들은 없어져야 하지."

장호의 두 눈에 스산한 빛이 서렸고, 예홍은 그 눈빛에 몸을 부르르 떨었다.

*　　*　　*

장호는 생각했다.

스승의 유언을 들은 이후 사람을 어떻게 구할 것인가에 대해서.

그리고 사람을 구하기 위해서는 그들이 자립할 수 있는 여건을 만들어주어야 한다는 것을 깨달았다.

가난하면 아무리 장호가 자선사업을 한다고 해도 결과적으로 그들을 구할 수가 없다.

가난이라는 질병을 치료하지 않으면 다른 질병을 치료한다고 해도 영원히 그들은 고통받으니까.

가난은 곧 질병이고, 그것은 치료해야만 한다.

그렇지 않으면 영원히 그들을 구원하지 못하리라.

그렇다면 가난이라는 불치병을 극복하고 그들을 치료하기 위해서는 무엇이 필요할까?

환경, 그리고 교육이다.

아무것도 모르는 무지렁이는 본능대로 살며, 외압적인 환경에 따라서 살아간다.

빚 때문에 팔려와 노비가 된 이들의 경우를 보자.

그들 노비들은 외압적인 환경 때문에 늘 고통받고, 그 고통에서 벗어나고자 순응하며 스스로의 이성과 지혜를 깎아내린다.

그리고 기회가 된다면 죄악이라고 부를 일도 서슴없이 저지르기도 한다.

사람은 결코 선할 수가 없다.

그렇다고 모두가 악인도 아니다.

장호가 생각할 때 사람은 그러한 존재였다. 때문에 그들에게 나은 환경을, 그리고 그들을 선하고 풍요로운 삶을 살 수 있는 규칙을 정해주는 것이야말로 가난이라는 불치병을 치료하는 방법이라고 규정지었다.

이는 스승인 진서가 죽은 이후부터 해오던 생각을 차근차근 구체화시킨 것이다.

당연하지만 그 사고의 바탕에는 전생에 장호가 운영했던 의방의 경험이 다수 자리했다.

약초 농지를 확보해 직접 대량 사용하게 되는 약재를 공급하는 것은 이미 전생에서도 했던 일이 아니던가?

또한 실력이 어중간한 의원들을 고용하여 의술을 전수하고 분업화하여 분야별 전문의로 만드는 것도 이전에 장호가 했던 일이다.

그 덕분에 전생에서도 짭짤하게 벌었다.

다만 지금은 그 규모를 전생의 스무 배 넘게 키우는 것일 뿐.

최종적으로 장호는 선문의방에 의원을 백 명까지 늘일 생각이고, 태원의 빈민들을 전부 선문의방과 의선문 이름 아래 놓이게 만들 생각이다.

과거와는 규모부터가 다르지만, 그 원리는 그리 다를 것이 없다.

이미 전생에 장호가 했던 일이다.

그리고 그런 계획의 진행 중에 금피문이 끼어드는 것은 전혀 달가운 일이 아니다.

그리고 그 뒤에 있을 황밀교의 수작 역시.

금피문의 처치가 쉬운 일은 아니지만 그렇다고 어려운 일도 아니다.

장호는 의원이고, 덕분에 독에 조예가 깊다.

독공을 익히지는 않았으나 살상력 높은 초오독을 대량으로 만들어두었다.

순수하게 독의 분량만 따진다면 적어도 만 명을 중독시켜 죽일 수 있는 대량의 초오독을 만들어둔 것이다.

내공이 심후한 고수에게도 효과적인 초오독.

이걸 제대로 사용할 수 있는 방법은 무엇일까?

장호는 고심 끝에 혼자서는 안 되겠다는 결론을 내렸다.

"이놈들을 다 쓸어버려야지, 원."

그렇다면 필요한 것은?

바로 수하들이다.

몸이 날래고 오래 달릴 수 있는 수하들.

*　　*　　*

보의단.

본래는 호살대라고 불리는 낭인 무리로 전부 북방에서 크고 작은 전투를 치른 역전의 병사다.

호살대주 사마충은 백 명의 병사를 통솔하는 백인대장이

었다고 하니 제법 지위가 있는 자라고 할 수 있었다.

여하튼 군을 전역한 이후 사마충은 자신과 같은 처지의 낭인들을 끌어모아 호살대를 창건하였고, 낭인으로서 여기저기에서 대신 싸워주었다.

북방의 몽고족과 전쟁을 치르며 쌓인 실전 경험과 살인 능력은 매우 뛰어났고, 호살대는 낭인 중에서도 제법 뛰어난 자들로 이름 높았다.

개개인의 무위는 이류 수준이지만, 이들이 한자리에 집결하여 싸우면 세 배가 넘는 산적도 모두 도륙할 수 있는 정도였다.

그런 호살대가 지금은 보의단이라는 이름으로 바뀌어 의선문에 속하게 되었다.

그리고 그들은 본래 군에서 배운 내공심법이 아닌 원접심공이라는 내공심법을 배우게 된다.

원접심공이 비록 그 축기의 속도가 여타의 심법에 비해서 느리다고는 하지만 애초에 이들이 배운 군 시절의 허접한 삼류 내공심법보다 더 안정적이고 빠른 것이 사실이다.

그렇다.

본래 그들이 배운 내공심법은 사실 아주 허접한 것이었다.

때문에 그들은 원접심공을 배우고 본래 가지고 있는 내공을 원접심공에 맞게 바꾸기 위한 대법을 시행받아야 했다.

이는 장호가 직접 했다.

여러 약물, 침술, 그리고 원접심공의 특성을 사용해 본래 가지고 있던 내공을 원접진기로 바꾸어 버린 것이다.

물론 내공의 절대 총량에 손실이 일어나긴 했다.

그것은 어쩔 수 없는 일이다. 그렇다 할지라도 이는 필요한 일.

오십사 명의 보의단원은 모두 대법을 받았고, 원접심공을 익히기 시작했다.

그리고 그들은 동시에 장호에 의해서 내공수련을 보조해 주는 약을 복용해 왔다.

본래 이들이 가진 내공의 양은 약 십 년. 지금은 원접진기로 약 칠 년의 내공을 가지고 있는 상태이다.

그래도 몇 달 만에 일 년치의 내공을 추가로 얻었으니, 이들이 얼마나 부지런히 수련하고 있는지 알 수 있는 대목이다.

사실 호살대 시절에는 여기저기를 떠돌아다니고 돈 때문에 목숨을 걸고 싸워야 했으니 집중하여 수련할 시간이 부족했던 것이 사실이다.

그러나 보의단원이 되고부터는 내공수련에 매진할 시간이 늘었기에 빠르게 성장 중이다.

보의단은 하루 삼교대로 의방을 지킨다.

오십사 명을 삼 조로 나눈 것이다.

한 조에 열여덟 명.

당연하지만 조장이 따로 존재한다.

그리고 장호는 이 숫자가 부족하다고 생각하고 있는 중이다.

적어도 네 배는 더 있어야 한다.

즉 이백여 명 이상이 필요하다.

그 정도는 있어야 중소 규모 문파 규모가 되고, 나의 가족을 공격해 오는 적을 분쇄할 수 있다.

장호는 그렇게 생각했다.

"부르셨습니까."

"음. 거기 앉으세요."

장호의 진료실.

그곳에 사마충이 여느 때와 같은 복장으로 들어왔다.

그가 자리에 앉자 장호는 손수 차를 우려내어 주었다.

"감사합니다, 문주님."

"이 정도 가지고. 그나저나 생활은 어떻습니까? 살 만해요?"

"예. 과거에 비하여 풍족하고 안정적이며, 모두 무공을 수련할 수 있어 만족해하고 있습니다."

"다행이군요. 모두 본 문의 소중한 사람들이니까 말이죠."

장호는 그리 말하고는 찻잔을 들어 올려 입에 가져다 대었다.

뜨거운 찻물을 한 모금 마시고 그 향을 즐기다가 그는 다시 입을 열었다.

"금피문이 태원을 노린다는 것은 이미 소문이 다 났더라구요."

"그렇습니까. 역시……."

"문제는… 금피문 혼자 움직이는 게 아니라는 겁니다. 북쪽 국경 지역까지 가는 대로에 산적들이 갑자기 뭉쳐서 세력을 이루고 있다는 정보도 얻었거든요."

하오문의 정보다.

그 말에 사마충이 심각한 표정을 지어 보인다.

"그렇다는 것은……."

"예. 산서성의 흑도문파와 사파들을 묶어주는 뭔가가 나타났다는 겁니다. 그리고 그들은 연합해서 태원을 노리고 있다는 거죠. 알다시피 산서성을 차지하기 위해서는 이 태원을 차지해야 하니까요."

산서성의 가장 강한 문파는 금련표국. 그리고 금련표국은 태원에 있다.

태원을 제압하면 산서성이 손에 들어온다는 것은 과장된 말이 아니다.

물론 그 과정이 쉬운 것은 아니다.

넓은 지역을 지배하기 위해서는 그만한 체계가 있어야 하고, 체계는 능력 있는 인물들로서만 만들 수가 있으니까.

금련표국이 산서성 최대 표국이고 중원 전체를 통틀어서도 제법 큰 세력이라는 것은 맞는 말이다. 하지만 그렇다고 해서 중원 전역을 대상으로 일을 하지는 못한다. 왜냐하면 그만한 체계가 없고 인물이 없기 때문에.

지금이야 하나의 제국으로 통일되어 있지만 천 년 전만 해도 이 중원은 오호십육국이라고 하여 수많은 나라로 쪼개져 있지 않았는가?

그것도 전부 체계와 그 체계를 유지할 사람에 관련된 문제 때문에 그런 것이었다.

"상황이 생각보다 좋지 않다는 것입니까?"

"그렇죠. 물론 돌파구는 있습니다. 아니, 도리어 쉽다고 할 수 있죠."

"어떤 것입니까?"

"금피문을 몰살시키면 쉽게 해결되죠."

장호의 말에 사마충이 일순 말을 잇지 못했다.

금피문을 몰살시킨다고? 어떻게?

"좋은 방도가 있으십니까, 문주님?"

"있죠. 있으니 사마 단주를 부른 것이고요."

"하명하십시오."

"제가 의원인 것을 잊으신 건 아니겠죠?"

"문주께서 신의라 불릴 만한 의술을 지니신 것은 잘 알고 있습니다."

"제 의술이 제법 쓸 만한 것은 사실이고, 덕분에 저는 독도 제법 잘 다룹니다."

사마충이 두 눈을 크게 부릅떴다.

"독!"

"그렇습니다. 독이죠. 사천당가의 독처럼 대단한 것은 못 만들어도… 꽤 많은 이를 살상할 수 있는 맹독 정도는 만들 줄 압니다. 그리고… 사실 예전부터 꾸준히 만들어두었죠."

"아……!"

장호가 품에서 호리병 하나를 꺼내어 들었다. 그리고 그 뚜껑을 열고 검은 액체를 조금 흘려내었다.

"초오독이라는 겁니다. 초오라고 하는 독초이자 약초인 식물에서 추출하여 정제한 독으로 신경계에 작용하는 맹독이죠. 일반인은 이 맹독을 아주 조금이라도 먹거나 피에 섞이게 되면 지독한 고통과 함께 심장이 마비되어 죽게 됩니다. 그건 강호인이라고 해도 다르지 않고, 내공이 일 갑자 이상이 아니라면 거의 즉사한다고 보면 되지요."

"그, 그런……."

"이 초오독은 꽤나 역사가 깊습니다. 과거 춘추전국시대에

맹독을 주 무기로 쓰던 나라까지 있을 정도니까요."

"그렇습니까."

"그렇죠. 그리고… 이 독을 사용하면 금피문은 아주 쉽게 처리할 수 있다는 것 정도는 잘 아시겠죠?"

장호의 말에 사마충은 고개를 끄덕였다.

"활을 쓰거나 함정을 파면 금피문도의 수를 크게 줄일 수가 있겠습니다."

"금피문주는 제가 처리할 수 있습니다. 그러니 보의단에서 활에 능한 사람들을 뽑아주세요."

"알겠습니다."

"적어도 열 명은 되어야 합니다. 우리는 활로 적을 공격하고 도주하기를 반복할 거니까요."

"예, 문주님. 준비해 두겠습니다. 그리고… 말을 준비해도 되겠습니까?"

"말? 모두 말을 타고 활을 쏘는 기사(騎射)가 가능하다는 겁니까?"

"모두는 아닙니다만 여덟 명이 그러한 재주를 익혔습니다."

"여덟 명이라……. 그렇군요. 경공으로 도망가는 것보다 말을 타고 다니면서 쏘는 것이 나을지도. 좋습니다. 그들과 함께하죠. 전마도 구해보세요."

"예. 열흘 안에 준비를 끝내겠습니다."

"그러도록 하세요. 어차피 금피문이 태원에 직접 오기까지는 적어도 두 달은 걸릴 테니까."

장호의 말에 사마충은 자리에서 일어나 포권을 한 후에 물러났다.

장호는 그런 사마충의 뒷모습을 보며 자신도 마술을 연습해 두어야겠다고 생각했다.

금피문.

곧 쓸어버려 주마.

第六章

말 타는 거 의외로 쉽네

기마술(騎馬術)은

인류가 발견한 여러 기술 중에서

가장 쓸 만한 기술 중 하나로 평가된다.

인류와 기술의 역사 중에서

장호는 하오문에게서 지속적으로 산서성 전역의 정보를 전달받고 있었다.

그만한 금자를 주었음은 물론이다.

산서성 전체를 놓고 보았을 때 산적 수가 적어도 오천여 명이 넘는다는 하오문의 말에 장호는 솔직히 놀라지 않을 수 없었다.

산적은 강호인이라고 하기에 참으로 미묘한 존재이다.

개중에는 녹림채에 속한 무림인이라고 할 수 있는 범죄자도 존재하지만, 대다수의 산적은 삼류무사만도 못한 그저 칼을 든 야인에 불과했다.

그렇지만 숫자가 오천여 명이 넘는다면 확실히 위협적이긴 하다.

물론 이들이 뭉쳐 있는 것은 아니다.

산서성 전체에 흩어져 있어서 개중에 가장 큰 무리라고 해도 백여 명이 채 안 된다고 한다.

그런데 그런 산적들이 삼삼오오 모여서 지금은 열 개의 큰 무리가 되었다는 정보를 하오문이 가져왔다.

대략 오백여 명 정도의 무리가 된 산적 단체가 무려 열 개나 생긴 것이다.

이 정도면 어마어마한 숫자다.

오백이라는 칼 든 야인.

관군이 나서서 토벌해도 피해가 크게 발생할 그런 숫자라고 할 수 있다.

그렇게 산적의 무리가 생겼다는 것과 금피문이 낭인들을 긁어모으고 있다는 소식을 얻은 장호는 황밀교가 작정하고 산서성을 뒤흔들기로 한 것임을 알 수 있었다.

이놈들은 대체 목적이 무엇일까?

다만 다행인 건 그렇게 산적이 모여들어 세를 형성하고 금피문이 낭인을 모아들이는 동안 장호는 시간을 얻을 수 있었다.

그사이에 장호가 가장 먼저 한 일은 기마술을 다듬는 것이었다.

장호는 전생의 경험으로 말을 탈 줄은 안다.

전생에 강호를 떠돌며 안 한 일이 없다 보니 말 정도는 탈 줄 알았던 것이다.

그러나 말을 제대로 탈 줄 아냐고 묻는다면 그건 또 아니다.

그냥 보통보다 조금 못한 수준이라고 할까?

그래서 장호는 말을 타는 수련을 시작해야만 했다.

장호가 생각하는 공격대는 말을 타고 다니면서 독화살을 쏘아대는 그런 것으로써 몽골족의 기사병사들과 같은 종류의 것이다.

몽골족의 기사병사들 만큼 대단한 능력을 가질 것은 아니지만, 적어도 능숙해질 정도는 되어야 했다.

사실 활은 못 쏘더라도 말을 타고 다니면서 암기를 던져댈 정도는 되긴 한다.

하지만 내공을 사용해 암기를 던지는 것보다 활을 쏘는 쪽이 더 효과적이다.

특히 선천의선강기를 통해서 오감이 발달하고 근력과 체력이 일반인을 월등히 상회하게 된 지금의 장호에게 활은 썩 훌륭한 병기였다.

"워워."

푸르릉!

말이 콧김을 내뿜는다.

"빨리 익숙해지시는군요."

사마충이 장호의 말 타는 모습을 보며 말했다.

"이래 봬도 절정고수니까."

"절정고수라고 해서 모두가 말을 잘 타는 것은 아닙니다. 물론 계속 타다 보면 익숙해지기는 합니다만."

"그래? 그러면 내가 익히고 있는 무공의 특성 때문일 수도 있겠군."

"선천의선강기 말씀이시군요."

"맞아. 딱히 비전은 아니지만… 자네들이 익히기에는 여유가 없지."

"원접심공도 저희가 익히기에는 과분한 무공입니다."

"글쎄, 원접심공도 쓸 만한 무공이긴 하지만 익히기 그렇게까지 어려운 건 아닐세. 선천의선강기는 세 배쯤 더 어렵거든."

장호의 말에 사마충은 고개를 주억거린다.

"하나 자네의 자식 중 누군가가 배우고 싶다면 가르쳐 주도록 하겠네."

"알려두겠습니다."

"그러도록. 그나저나 말이 제법 영리하군."

장호가 자신이 탄 흑마를 툭툭 건드린다.

"그 녀석이 특히 머리가 좋은 겁니다. 한혈마의 혈통을 이어받았으니까요."

"한혈마가 진짜 있기는 한가?"

"있습니다. 저도 한 번 본 적이 있죠. 땀에 피가 조금 섞여 나오는데, 한참 싸우다 보면 몸이 붉게 물들어 있는 것을 볼 수 있습니다."

"그거 대단하군."

장호는 감탄했다.

장호는 현재 말고삐를 놓은 채로 달리는 연습을 하는 중이다.

말의 안장에 올려놓은 발과 다리에 힘을 주어 하체를 고정한 상태로 말의 움직임에 순응하는 것은 확실히 쉬운 일이 아니다.

그러나 놀라운 균형 감각과 육체적인 능력으로 장호는 일주일 만에 능숙하게 변모한 상태였다.

"이 정도면 활을 쏠 수 있으려나?"

"충분합니다."

"좋아, 그러면 활을 가져오게."

"예."

말 위에 앉아서 장호가 움직이는 것을 지켜보던 사마충은 말의 옆구리에 매어둔 활을 건네주었다.

"이건……."

"각궁입니다."

"오호, 저 동이족의 그 유명한 활?"

"예. 저희는 무공의 부족을 우수한 무구로 충당하였으니까요. 저희 보의단의 기사병들은 전원 각궁으로 무장하고 있습니다. 그래서 장주님께서 기사를 하신다고 하셨을 때 수소문하여 구해두었습니다."

"돈은?"

"총관이 내어주더군요."

"이게 얼마짜리인데?"

"금자로 천 냥 주었습니다."

"어마어마하군."

장호는 그렇게 생각하면서 각궁에 손을 대고 활줄을 튕겨보았다.

"활은 어떻게 쏘는 거지?"

"처음이십니까?"

"처음이야."

"그렇다면……."

사마충은 천천히 활 쏘는 법을 가르쳤다.

장호는 사마충의 가르침을 받으며 말을 느릿느릿 걷게 하면서 활을 쏘았다.

처음에는 엉뚱한 곳으로 화살이 날아갔지만, 이내 화살은 놀라울 정도로 정확하게 과녁을 맞추기 시작했다.

어쩌면 당연한 일이다.

장호의 감각은 이미 초인 수준인데다 투격공을 익히며 원거리 공격에 대한 감각이 있기 때문이다.

장호는 신궁이라고 부를 정도는 아니지만 그래도 어마어마한 적중률을 자랑했다.

불과 세 시진 만에 장호는 일류 기마궁병이라고 해도 될 만한 실력을 가지게 되었고, 사마충을 놀라게 했다.

보름이 넘는 동안 장호는 기마술에 있어서는 상급 이상의 실력을 갖추었고, 기사 역시 적어도 사마충의 칠 할에 가까운 실력을 보유하게 되었다.

*　　*　　*

장호는 기마술과 기사만 수련하지 않았다.

이번 금피문 습격에 따르게 될 이들에게 비장의 영약을 먹이고 내공수련을 도왔다.

조금이라도 내공이 빠르게 늘길 바란 것으로 먹으면 약 이 년 치의 내공을 단번에 얻을 수 있는 준영약을 지급했다.

이것은 장호가 그간 연구하며 만든 것으로 연속으로 복용하면 효과가 없는 일회성 영약이다.

그렇다 할지라도 내공을 얻을 수 있다는 것이 어디인가?

장호와 함께 공격에 가담할 여덟 명은 모두 십 년의 내공을 얻은 상태로 출진하게 되었다.

그렇게 한 달간 바쁘게 준비하던 그들에게 드디어 금피문이 움직였다는 첩보가 전해졌다.

* * *

"산적들이 움직임을 개시했고, 현재 금련표국은 표국을 지킬 사람 삼십여 명을 제외하고는 모두 외부로 나갔다……. 시작하는 모양이군."

"개방도 움직이고 있습니다."

"개방도? 하기야 하오문이 아는 것을 그네들이 모를 리가 없지."

지도를 펼쳐 놓은 회의실.

사마충과 장호는 지도를 내려다보며 대화를 나누고 있다.

"어쨌든 현재 태원으로 향하고 있는 놈들은 금피문밖에 없으니 상관없어. 금피문은 우리가 처리하면 되니까."

"예."

"한 시진 전에 소식이 왔으니까 그 녀석들은 대충 여기쯤 있겠지?"

지도의 한 지점.

금피문이 자리한 람현과 태원 사이에 있는 곳을 가리키는 장호이다.

"예, 그쯤일 것입니다."

"그러면… 우리가 지금 출발해서 놈들과 만나는 곳은……."

"여기입니다."

태원에서 말을 타고 이틀 정도 걸리는 곳.

그곳이 바로 의선문과 금피문이 만나게 될 곳이라고 할 수 있다.

"여기 지형이 괜찮네. 어디 숨을 곳도 없는 들판이야."

"그곳에서 공격하면 필승입니다."

"그렇겠지?"

"예."

"그럼 출발 준비해."

"예, 문주님."

"다 쓸어버리자고."

장호의 말에 사마충은 고개를 숙여 보이고는 방을 나섰다.

장호는 그가 나간 이후 지도를 말아 품 안에 넣고서 회의실을 나섰다.

회의실 밖에는 이연과 이진이 서 있다.

"이연, 이진."

"예, 스승님."

"예, 스승님."

"내가 없는 동안에는 너희 둘이 선문의방의 주인이고 의선문의 문주이다. 특히 이연 네가 대제자이니 다른 이들을 잘 단속해야 할 거야. 알겠느냐?"

"예, 걱정 마세요, 스승님."

"그래, 그래야지."

나는 가만히 녀석들의 머리를 쓰다듬어 주었다.

아직 어리지만 쑥쑥 자라고 있는 두 제자를 보니 흐뭇한 마음이 절로 든다.

장호의 지도에 따라서 유가밀문의 체법을 수련하여 몸이 쑥쑥 자라나고 있는 아이들이다. 덕분에 내력은 거의 없지만 몸만큼은 장호와 같이 빠르게 성장하고 있다.

내년이면 이제 유가밀문의 체법 수련을 멈추고 본격적으로 내공수련과 초식 수련을 시작해야 하리라.

"그럼 다녀오마."

"몸 보중하세요."

"오냐."

장호는 두 아이에게 작별 인사를 하고 마구간으로 향했다.

이미 마구간에는 아홉 필의 전마와 두 필의 수송마가 준비되어 있다.

수송마에는 식량, 의료품, 그리고 간단하게 야영할 물건들이 나누어져 매어져 있다.

"모두 모였군."

"문주님의 명에 모두 대기하고 있습니다."

"좋다, 나는 그대들의 문주이다. 또한 그대들은 자랑스러운 의선문의 문인이다. 지금 우리 의선문의 의지를 방해하고자 하는 자들이 있다. 자, 우리의 의지가 무엇이냐?"

"널리 사람을 구하라!"

"그렇다! 우리는 널리 사람을 구할 것이다. 저 금피문이라는 무도하고 사악한 자들이 그러한 우리 의지를 꺾도록 내버려 둘 것인가?"

"아닙니다!"

"좋다! 모두 말에 올라라! 출진이다! 오늘 금피문을 무너뜨리고 그들에게서 람현을 해방시킬 것이다!"

"와아아아!"

사마충을 비롯한 여덟 명이 말에 오르고, 일행을 배웅하기 위해서 모인 이들이 환호성을 지른다.

우리는 그 환호를 뒤로하고 그대로 의방을 나섰다.

환자들이 줄을 서서 우리의 그런 모습을 보고 있다.

떠들썩한 모습으로 나를 포함한 아홉은 말을 달리기 시작했다.

그런 우리의 모습은 적인 금피문에게도 알려졌으리라.

그리고 그들은 우리를 얕보다가 그대로 죽음을 맞이하리라.

*　　*　　*

"그, 그만… 제발… 아흐흑!"

여인이 오열하며 눈물을 흘린다.

그녀는 나신인 상태로 두 팔이 묶여 있는데, 그런 그녀의 몸 위로 칠 척의 거한이 올라타 있다.

거한은 비틀리고 사악한 미소를 지으며 괴로워하면서 눈물을 흘리는 여인을 범했다.

"크크크! 네년도 좋잖아. 안 그러냐?"

"싫, 싫어. 제발 그만… 흐흑!"

"싫기는. 네년의 여기는 아주 꽉 조이는데… 크크크크."

가운데에 모닥불이 하나 켜져 있는 천막 안에서 거한은 그렇게 여인을 능욕 중이다.

싫다고 울며 흐느끼는 여인을 간하는 그 모습은 지옥에 떨어져도 할 말이 없을 정도이다.

"아버지! 급전입니다!"

"뭐?"

그렇게 한참 여인을 능욕하고 희롱하던 거한은 천막 밖에서 들리는 소리에 입맛을 다시면서 여인에게서 떨어져 나와 일어섰다.

"뭔데?"

천막을 젖히고 나선 그는 아랫도리도 입지 않은 알몸뚱이라 그의 거대한 남근이 덜렁거린다.

천막 밖에는 거한을 닮은 또 다른 거한이 서 있다.

이 거한의 아들로 보이는 듯 젊은 사내가 종이 한 장을 내밀었다.

"뭐야? 응? 의선문에서 아홉 명이 말 타고 튀어나왔다고? 의선문이면……."

"그 선문의방 차린 놈이죠."

"아아, 암귀방을 박살 낸 그놈? 절정고수라는 놈이지?"

"예, 그놈 맞아요."

"뭐야? 겨우 아홉 놈이 온다고? 겨우? 금련표국은?"

"그네들은 안 움직인답니다. 북쪽의 산적들 때문에 전력이 많이 빠져나갔다는데요?"

"그래? 이거 참 개좆같은 일이네."

받아 든 종이를 그대로 구겨서 옆으로 내던지는 거한 금피문주 두호는 인상을 썼다.

"이 새끼들이 우리를 얕보는 거야, 뭐야? 함정이라도 있어? 개방은 어떻다더냐?"

"거지새끼들이 빨빨거리고 돌아다니기는 하지만, 이번 싸움에 끼어들 생각은 없어 보이는데요?"

"그래? 그러면 뭐야? 이 새끼들, 정말 우리를 만만히 보는 거야? 그런 거냐?"

"모르죠."

어깨를 으쓱이는 아들 두연의 말에 두호는 다시 인상을 썼다.

"이 새끼들! 지금 어디쯤이야?"

"말을 탔으니 하루 후면 그 면상을 볼 수 있을 겁니다."

"잡것들. 사지를 찢어주겠어."

"그래도 조심해야죠. 이놈들이 멍청이가 아니라면 뭔가 있다는 거니까요."

"야, 너 무공 수위가 어느 정도야?"

"저요? 절정은 되죠."

"이 애비도 절정에 든 지 제법 오래되었다. 수하는 몇이냐?"

"지금 데려온 게 백여 명은 되는데요?"

"그런데 겨우 아홉 놈이 뭘 가지고 오든 무슨 상관이야!"

버럭 소리를 지른 그가 화가 나는 듯 발을 쿵 하고 굴렀다.

그의 발길질에 땅이 푹 꺼졌다.

"씹새끼들, 다 죽일 준비해! 알았어?"

"그러죠."

"그리고 겨우 이 정도 일로 급전은 무슨 급전이냐?"

"심상치가 않은 것 같아서……."

"에잉, 소심한 놈."

두호는 투덜거리며 다시 천막으로 들어갔다.

그리고는 흐느끼고 있는 여인을 다시 범하기 시작했다.

* * *

"그놈들이 태원에 가려면 여기는 반드시 여기를 지나가야 한다고 했나?"

"예, 그렇습니다."

넓은 들판.

의선문 일행은 그 들판의 중간 지점에 멈추어 야영을 하고 쉬고 있었다.

여기는 얼마 있으면 금피문이 지나갈 길이다.

그리고 여기서 장호는 그들 금피문을 처리할 생각이다.

들판이야말로 말 타고 활을 쏘기에 가장 적합한 공간이다.

"화살은 넉넉하게 가져왔는가?"

"스물다섯 개들이 화살 통을 다섯 통 챙겼습니다."

"다 독은 잘 발랐지?"

"예. 그리고 이것도 준비했습니다."

두툼한 종이봉투에 약 반 장 정도의 줄이 매달려 있는 것을 꺼내어 보여주는 사마충.

저 봉투 안에는 초오독을 말린 분말 가루가 들어 있다.

저걸 던져서 초오독의 분말을 흩어지게 하는 것으로 공격한다.

초오독 가루를 뒤집어쓰면 일류무사라 할지라도 무사할 수가 없다.

아홉 명이 각기 백 개의 독화살을 가지고 있고, 독 가루가 든 봉투를 열 개씩 지녔다.

이 정도면 이들 아홉 명이 백여 명을 참살하는 것은 그리 어려운 일도 아니다.

"호랑이도 제 말 하면 온다더니 저기 오는군."

"공격하시죠."

"그러자고."

저 멀리 일단의 무리가 걸어오고 있는 것이 보인다.

말을 탄 이들도 몇 명 있고 마차를 타고 있는 이들도 있다.
장호는 수하들에게 손짓했다.
그러자 모두가 말에 올라탔다.
야영 장비는 내버려 둔 채로 올라타서 말고삐를 잡아 든 그들의 모습은 모두 능숙한 기병 같아 보인다.
"자, 그럼 시작하자."
"예, 문주님!"
모두가 우렁차게 대답했고, 장호를 비롯한 아홉 명은 말을 달리기 시작했다.

第七章

그러게 왜 덤비냐?

적반하장(賊反荷杖)이라는 말이 있다.
도둑이 도리어 몽둥이를 든다는 뜻으로,
잘못한 사람이 되레 화를 낼 때 쓰이는
고사성어다.

고사성어

"저놈들이 진짜 아홉 놈이 와서 덤비네? 미친 새끼들 아냐?"

거한 두호.

금피문주인 그는 저 멀리서 먼지구름을 일으키는 아홉 마리의 말을 보고는 짜증을 냈다.

그의 태도는 전혀 위협을 느끼는 모습이 아니다.

그는 마차를 타고 있었는데, 그가 탄 마차는 그를 위해서 특별히 크게 만든 것이다.

대부분의 문도는 걷고 있고, 조장급 인사들만이 말을 타고 있다.

"야, 저것들 빨리 치워 버려!"

말을 타고 있는 조장급 무인들에게 명을 내리자 그들이 우렁차게 대답해 온다.

"알겠습니다, 문주님!"

말을 탄 이의 수는 열 명. 그들이 바로 금피문의 조장이다.

그들이 말을 달려 아홉 명을 향해 달려갔다.

그리고 그것은 그들의 실수였다.

말을 달려오던 아홉 명은 갑자기 활을 꺼내어 들었고, 그들이 타던 말이 직선으로 달리다가 갑자기 옆으로 꺾이기 시작했던 것이다.

쐐에엑!

아홉 개의 화살이 허공을 날았다.

말을 달리던 열 명의 금피문 고수는 일순 당황하여 말고삐를 당겨야만 했다.

히히히힝!

말들이 놀라서 주춤거리는 사이 아홉 개의 화살이 다섯 마리의 말에 꽂혔다.

히히히히히힝!

말들이 게거품을 물고 발광하기 시작했다.

그 움직임이 어찌나 격한지 금피문의 고수들이 모두 나가

떨어져 버렸다.

퍼억! 우드득!

그중 한 명은 날뛰는 말의 발굽에 맞아 늑골이 부러져 즉사하고 말았고, 다른 이들도 크고 작은 부상을 입었다.

그리고 얼마 후 말들 역시 그대로 쓰러져 죽어버렸다.

"뭐, 뭐야, 이건?"

그러나 놀라는 것도 잠시, 다시금 화살이 날아와서는 살아남은 다섯 마리 말의 몸에 꽂혔다.

고수들은 즉시 말에서 떨어져 나와 땅에 착지하였는데, 말들은 게거품을 물며 발광하다가 그대로 죽어버렸다.

"독!"

조장 중 하나가 소리를 질렀다.

그러나 그들이 깨달았을 때에는 이미 늦은 후였다. 다시금 화살이 날아오고 있었다.

쐐에엑!

"으악!"

내력을 실은 화살인지 쳐내지도 못한 채로 조장 중 세 명이 화살을 허용했다.

그리고 그들은 금세 고통스러운 비명을 지르며 발작을 일으켰다.

"크, 크아아악! 끄르르륵."

그리고 그들은 이내 몸을 부들거리며 정신을 잃었다. 죽은 것이다.

조장들의 얼굴이 새파래졌다. 그리고 동시에 금피문주도 그 꼴을 보았다.

"씨발! 뭐야, 저거?"

"독입니다. 의선문이 독을 씁니다."

"씨발! 조져 버려!"

금피문주의 명령과 함께 문도들이 모두 각자의 병기를 꺼내어 들었다.

일류에서 삼류까지 다양한 수준의 무력을 지닌 악당들이 대지를 박차고 달리기 시작한다.

그러나 그것이 잘못된 선택이라는 것을 그들은 몰랐다.

그들이 달려나가자 아홉 명의 말을 탄 이들이 말머리를 돌려 달아나기 시작했다.

그리고 그들은 달아나면서 갑자기 무언가를 내던졌다.

두툼한 종이봉투였는데, 그것들은 어떤 조작을 가한 듯 허공에서 퍽! 하고 찢겨지며 터졌다.

우수수수.

새하얀 가루가 허공에 비산한다.

"피, 피해라!"

그것을 본 두호의 안색이 딱딱해지며 고함을 내질렀다.

그러나 우르르 달려가던 금피문도들이 피할 공간은 그리 많지 않았다.

하얀 가루가 순식간에 사오십 명을 뒤덮었다.

개중에 완전히 가루를 온몸에 뒤집어쓴 이가 스무 명.

그리고 그 스무 명은 즉시 몸을 부들부들 떨면서 발광하기 시작했다.

"케, 끄아아악!"

그리고 그들은 그대로 쓰러져 절명하고 말았다.

금피문도 스무 명이 그대로 죽은 것이다.

또한 열세 명이 추가로 몸을 부들부들 떨기 시작했고, 거기에 더해서 열 명은 몸을 잘게 떨며 멈추어 섰다.

도합 사십삼 명이 독에 중독당한 것이다.

순식간에 금피문의 절반이 전투 불능이 되어버린 상황에 모두가 아연한 표정이다.

"이, 이런 독은 들어본 적도 없는데……."

두호의 아들 두연이 경악한 표정으로 중얼거렸다.

그러다가 그는 흰색 가루에 맞았지만 뒤집어쓰지 않고 조금 묻은 이들을 발견했다.

"호, 호흡기다! 저걸 들이마시지만 않으면 괜찮다!"

그의 고함에 하얀 가루가 조금 묻은 이들이 얼른 가루를 털어내며 부산을 떨었다.

"호흡을 멈추고 부상자를 꺼내! 죽은 이들은 나중에 정리한다!"

두연의 호통에 문도들이 달려가기를 멈추고 부상자를 향해 다가갔다.

그러나 그런 그들의 머리 위로 반갑지 않은 선물이 떨어져 내렸다.

그것은 분명 내력을 실은 화살이었다.

푸푸푹!

아홉 개의 화살은 그대로 아홉 무인의 몸에 떨어졌다.

그리고 눈을 몇 번 깜박일 정도의 시간이 지나자 다시금 아홉 개의 화살이 날아들었다.

이른바 속사라고 부르는 기술이다.

능숙한 궁수는 화살을 빨리 날릴 수가 있고, 한 호흡에 적어도 세 번의 화살을 날릴 줄 안다고 했다.

그렇다. 아홉 명은 독화살을 무차별로 쏘아대기 시작한 것이다.

말을 멈추고 서서 화살을 쏘아대는데, 순식간에 스무 명 가까이가 화살에 맞아 비명을 지르며 쓰러져 버렸다.

"이 개새끼들!"

두호가 분노를 터뜨리며 마차에서 몸을 일으켰다.

이미 죽은 이들보다 살아 있는 이들을 세는 것이 더 빠를 정도가 된 탓이다.

살아남은 이는 이제 삼십여 명이 조금 넘을 뿐이다. 이 정도면 금피문은 궤멸이라고 해도 할 말이 없다.

물론 진짜 고수인 금피문주 두호와 그의 아들인 두연이 살아 있다면 금피문을 재건하는 것은 그리 어려운 일이 아니다.

그러나 시간이 오래 걸리는 것은 어쩔 수 없다. 또한 재산적 피해도 만만치 않다.

쿵! 쿵!

두호가 성난 들소처럼 내달렸다. 그 속도는 준마에 필적할 만큼 빨랐다.

그리고 그런 그를 향해 화살이 날아들었다.

티티팅!

그러자 놀라운 일이 벌어졌다.

화살이 그의 몸에 가 닿자 불꽃을 만들어내며 튕겨 나가는 것이 아닌가?

금피마공의 힘이 발현된 것이다.

본래도 어지간한 도검은 불침하는 상태의 피부인데 지금은 내공을 운기하여 그 방어력을 더 강화한 상태다.

이 정도면 내기가 실린 날붙이라 할지라도 피부를 뚫기 어렵다.

그는 그렇게 내공을 두른 채로 돌진해 갔다.

그러나 그는 상대가 어떻게 나올지 전혀 몰랐다.

두두두두두!

아홉 명이 말을 달리기 시작한 것이다.

비록 그가 절정의 고수이고 또한 내공이 제법 심후하여 말과 비슷한 속도로 달릴 수 있다고는 해도 말보다 빠른 것은 아니다.

말이 전력을 다해 달려가자 그와의 거리가 조금도 줄어들지 않게 된 것이다.

"이 개잡놈드으으을!"

분노에 찬 괴성을 지르며 계속 달리지만 상대는 잡힐 듯 잡히지 않는다.

그리고 그가 정신을 차렸을 때에는 그의 일행과 꽤 거리가 멀어진 곳에 도달해 있었다.

적어도 백 장 정도 멀리 떨어진 곳.

그는 흠칫하고 멈추어 섰다. 앞에 함정이 있을지도 모른다.

그런데 그때였다.

말을 탄 놈 중 하나가 그대로 멈추어 서서는 말에서 내리는 것이 아닌가?

이게 뭐 하는 짓이지?

"여어, 금피문주, 여기까지 따라오느라 수고했어. 내가 직접 상대해 주고 싶어서 유인한 건데."

뭐라? 유인? 직접 상대해?

빠직!

그의 이마에 굵은 혈관이 분노로 인해 꿈틀거렸다.

그가 자세히 보니 걸어오는 놈은 키가 제법 크지만 어려 보이는 애송이다.

이제 막 스무 살이나 되었을까 싶은 어린놈.

"이 마빡에 피도 안 마른 새끼가 참 입이 짧다?"

"어쩌라고. 그럼 존대라도 해줄까? 도적놈이 예의를 따지고 지랄이야."

"하?"

어이가 없어서 금피문주 두호는 잠시 말을 잃었다.

"이 씹새끼가!"

쾅!

땅이 폭발하며 그의 두 다리가 대지를 박찼다.

그의 몸이 포환처럼 날아들며 거대한 주먹이 횡으로 휘둘러졌다.

그 일격에는 거대한 바위도 일격에 박살 낼 거력이 담겨 있었는데, 금피문주 두호는 자신의 주먹이 일격에 상대를 박살 낼 것을 믿어 의심치 않았다.

훅!

그러나 그의 기대는 안개처럼 흩어졌다.

상대는 그의 일권을 상대는 간단하게 피해내더니 그의 품속으로 파고들어 왔다.

"멍청이."

우웅!

퍼어엉!

"크학!"

복부에서 느껴지는 무지막지한 고통과 압력에 그는 소리를 지르며 뒤로 몸을 ㄱ자로 굽혀야만 했다.

"쯧쯧. 외공만 믿으면 그렇게 되는 거야. 내가중수법 한 방에 훅 가는 거지."

"너… 이… 새……."

"아직 버틸 만한가 보네? 금피마공, 제법 좋은데? 내부도 어느 정도는 단련해 주는 모양이야?"

장호는 몇 걸음 옆으로 가더니 헐떡거리는 두호를 보며 비틀린 미소를 지어 보였다.

"그래 봤자 너는 죽어."

장호가 손바닥을 내밀었다.

"심류장은 만만한 장법이 아니거든. 그리고 심류장을 통해 네놈의 몸통 속에서 날뛰고 있는 선천의선강기도 보통 진기가 아니고."

장호의 손에 서린 기운이 흔들거렸다.

"그러게 왜 덤비냐?"

"크아아악!"

장호의 비아냥거림에 분노한 금피문주가 몸을 펴며 달려들었다.

그러나 그는 달려들던 그대로 입으로 피를 분수처럼 뿜으며 쓰러져 버렸다.

"쯧. 더러운 놈."

피가 조금 묻은 장호는 투덜거리면서 금피문주의 머리통 위에 발을 올려놓았다.

"어디 보자. 이제 아들놈 하나 남았지? 그리고 남은 떨거지도 몇 있고. 사마충!"

"예, 문주님."

"다 처리해."

"알겠습니다. 이랴!"

보의단원들이 말을 몰아 달려가기 시작했다.

장호는 그 모습을 바라보다가 자신 역시 다시금 말에 뛰어올랐다.

"이랴!"

히히힝!

말이 달리기 시작했다.

오늘 금피문은 멸문할 것이다. 시체가 나뒹구는 대지의 하늘은 무척이나 파랗고 깨끗했다.

* * *

"이, 이대로 죽을 것 같으냐!"

두연.

그는 그 커다란 몸과 다르게 제법 영악한 두뇌를 소유하였다.

지금의 금피문은 그가 직접 세운 것이라고 할 수 있을 정도로 그의 영향력이 지대하였다.

그는 아버지인 두호가 죽는 것을 보자 일이 잘못되었다는 것을 깨달았다.

일격에 저렇게 돌아가실 리가 없는 분이다.

상대가 초절정고수라도 된다는 것인가?

물론 그의 생각은 틀렸다.

장호는 초절정고수는 아니지만 그가 익힌 심류장은 내가중수법 중에서도 상위에 들어갈 정도의 파괴력을 가진 것.

방심하여 그 일격을 허용한 순간 이미 승부는 난 것이다.

만약 금련표국주와 만났다면 이렇게 쉽게 죽지는 않았을 터이다.

즉 상성의 문제라고 해야 할 것이다. 상성이 나빴고, 방심이 화를 부른 것이다.

사실 어쩔 수 없는 일이기도 했다.

장호의 외모가 어렸고, 금피문주 두호는 성격이 포악하고 폭급하였으니 어쩌면 이런 일은 예정된 일이었다.

그러나 그런 사정을 모르는 두연은 도주를 선택하고 재빠르게 도망치기 시작했다.

말이 모두 죽어버려서 직접 달려서 도망치기 시작한 것이다.

화살로는 그의 몸에 상처를 줄 수 없으니 결국 이대로 가면 그를 놓칠 것을 자명한 일이다.

두두두두!

"젠장!"

그런 그의 뒤에 의선문주 장호가 따라붙었다.

절정고수인 두연을 죽이려면 장호가 아니면 안 된다.

때문에 장호가 따라붙은 것인데, 장호가 탄 말은 제법 명마여서 그런지 두연을 조금씩이나마 따라잡기 시작했다.

그러나 두연도 절정고수로서 제법 빨리 달렸다. 조금씩 거리가 줄어들고 있긴 하지만 금세 잡힐 거리는 아니었다.

일각 후, 두연은 숲길에 도달할 수 있었다.

살았다. 이 정도면 말로는 쫓아오지 못할 것이다.

그는 그렇게 생각했고, 곧 숲으로 몸을 날렸다.

그러나 그는 자신이 지쳤음을 인지하지 못했고, 그것이 실수였다.

퍼어엉!

"크아악!"

그는 비명을 내지르면서 나가떨어졌다. 그의 등에는 시뻘건 손바닥 자국이 새겨 있다.

"그렇게 내공을 다 쓰고서 어디를 도망가?"

장호가 그 뒤에 서 있다.

"크, 크억!"

그는 피를 토하며 몸부림쳤다. 그리고 이내 축 늘어져 버렸다.

절명한 것이다.

장호는 그 모습을 보며 혀를 찼다.

선천의선강기는 선천진기에 가까운 순후한 내공이다. 그러다 보니 이를 심류장에 사용하여 공격하면 이렇듯 상대의 내장이 갈기갈기 찢어진다.

폐 부위를 맞았으니 폐가 조각나 죽었을 것이라는 것은 굳이 진맥해 보지 않아도 알 수가 있었다.

이 정도면 그야말로 일격필살의 위력인 셈이다.

"강하군."

갑자기 들려온 소리에 장호의 몸이 살짝 떨렸다.

수풀 속에서 몇 명의 사람이 걸어 나오고 있었다.

*　　*　　*

'흑막이 납시셨구먼.'

장호는 걸어 나오는 흑의 복면인들을 바라보며 속으로 생각했다.

금피문이 태원을 노린 이면에 황밀교가 있음을 모르는 장호가 아니다.

그렇다고는 해도 설마 황밀교의 정예가 여기에 와 있을 줄이야.

대어가 걸렸다고 좋아해야 하나, 아니면 타초경사의 우를 범했다고 해야 하나.

여기서 이놈들을 죽여도 문제가 생길 것은 뻔하다.

죽인 다음 시체를 감추어도 황밀교에서 눈치채지 않을 리가 없으니까.

여기서 금피문이 의선문에게 몰살당한 사실은 곧 강호 전역에 퍼질 것이다.

그것이 독에 의한 것이라는 사실이 퍼지는 것도 시간문제이다.

그리고 이 장소에서 황밀교에서 보낸 이들이 몰살당했다.

바보가 아니고서야 의선문이 황밀교의 정예를 죽였다는 것을 모를 수가 없다.

황밀교 측에서 이후 다시 공격하지 않으리라는 보장이 없게 된다.

그건 장호에겐 영 재미없는 일이다.

'쯧. 어쩔 수 없는 일인가. 우선 다 죽이고 나서 흔적을 지울 수밖에. 시간은 벌어야 하니까 말이지.'

장호는 속으로 구시렁거리면서 적들을 보았다.

수는 일곱이지만 두 명에게서는 아주 예리한 기운이 퍼져 나오고 있다.

'두 놈은 절정의 경지이고 나머지는 일류인가? 제법 강한 놈들이 왔군. 저 정도면 일류무인 서른 정도는 순식간에 해치우겠는걸.'

일류무인 삼십여 명을 순식간에 해치울 수 있는 전력.

그 말의 뜻은 어지간한 중소 규모의 문파는 한 번에 쓸어버릴 수 있는 전력이라는 의미다.

장호는 그들을 유심히 보았다.

일단 절정고수 두 명은 서로 다른 무기를 지니고 있다. 한 명은 작은 손도끼 두 자루를 허리에 차고 있고, 다른 한 명은 두 개의 휘어진 낫을 허리에 매달고 있다.

다른 복면인은 모두 동일한 장검을 허리에 차고 있었는데, 저들은 아마 서로 같은 무공을 익혔을 것이다.

다섯 명이 보조하고 저 두 명이 적을 해치운다.

딱 그런 구성이다.

그리고 이는 황밀교의 기본적인 전투대 구성이기도 했다.

절정고수 둘에 일류무인이 다섯에서 스물까지.

절정고수가 둘이라는 점이 독특하지만, 그것 때문인지 확실한 전투 능력을 보여주었다.

황밀교에서는 그런 식의 전투대를 다수 보유했고, 다수로 움직였다.

소수 정예로 중소 규모의 문파들을 급습하고 그들이 모여서 대량의 세력을 이루기 못하게 만들기 위함이다.

그리고 그건 확실히 효과적이었다.

황밀교의 난이 일어난 당시 드러난 황밀교의 전력은 대략 이만여 명 정도였는데, 놀랍게도 그들 중 절반이 일류무사의 반열에 들어 있었고, 그중에서 일천여 명 정도가 절정고수의 반열에 올라 있었던 것이다.

거대한 세력을 자랑하는 명문대파라고 해도 한 문파에 절정고수의 수는 많아도 수십여 명 정도인 것을 볼 때, 그들의 세력이 얼마나 어마어마했는지를 알 수 있는 대목이다.

아마도 그들에게는 절정고수를 손쉽게 양산하는 어떤 방

법이 있었던 것으로 장호는 짐작했다.

왜냐하면 절정고수는 많은 데 반해서 초절정고수의 수는 그렇게 많다고 보기 어려웠기 때문이다.

그때 당시에 드러난 전력의 경우 초절정고수의 수는 서른 명 안팎이었다. 물론 그 정도도 많은 것이다.

그때 무당파에 속한 초절정고수의 수가 겨우 일곱이었으니까.

절정고수는 그렇게 많으면서 초절정고수의 수가 적다는 것은 역시 절정고수를 손쉽게 양산하는 비법이 있다는 반증이라고 할 수 있었다.

"황밀교냐?"

장호는 우선 상대를 떠볼 요량으로 말을 던졌다.

그러자 그들은 흠칫하더니 무시무시한 기세를 뿜어내기 시작했다.

"네놈! 평범한 놈이 아니구나! 누가 너의 뒤에 있느냐?"

절정고수 중 한 명인 낫을 허리에 찬 자가 나직하고 음산한 목소리로 물었다.

손도끼 두 자루를 멘 자의 두 손이 손도끼로 향하고, 검을 든 자 다섯이 사방으로 흩어지고 있다.

장호는 그것을 보면서도 가만히 있었다.

"글쎄, 내 뒤에 누가 있을까? 거지들? 아니면 무뢰배? 그것도 아니면… 용?"

장호의 말에 두 절정고수는 흠칫흠칫했다.

거지는 개방,

무뢰배는 하오문,

용은 황궁을 뜻한다.

장호의 말은 말장난 같았지만, 동시에 상대를 혼란케 하는 말이기도 했다.

"그냥 죽여서는 안 되겠군."

"생포해서 입을 열게 해야겠어."

"동감이다."

크크크크! 계획대로인가?

장호는 속으로 웃었다.

전투 전에 적의 심리를 흔들어놓는 것이 장호가 자주 하는 수법이라는 것은 많이 알려지지 않았다.

이유?

장호가 상대한 적 중 살아남은 이가 그리 많지 않다는 것이 이유이다.

장호는 자신이 황밀교에 대해서 알고 있다는 것을 알림으로써 단번에 죽이지 못하는 심적 제약을 만들었다.

이것은 일종의 방심과 같은 것이고, 고수 간의 싸움에서는 생사가 오가는 틈을 만들 수가 있다.

그리고 이미 장호는 기다리는 척하면서 준비를 끝마쳤다.

스슥.

두 개의 손도끼를 든 사내가 옆으로 이동한다. 장호의 뒤를 점하려는 수작이다.

그 순간 장호는 내력을 끌어올리고 번개처럼 두 손을 움직였다.

파파파팟!

네 개의 짧은 비수가 사방으로 던져졌다.

그것에는 선천의선강기의 내력이 실려 있었다. 비수는 순식간에 날려가 사방을 포위하고 있던 검수들을 공격했다.

푹! 푹! 푹! 푹!

그 순간적인 기습을 네 명은 막아내지 못했고, 비수가 몸을 뚫고 들어오는 감촉을 느껴야만 했다.

그리고 그들은 방심의 대가를 치러야만 했다.

"크아아악!"

비명을 지르며 부들부들 떨던 그들은 게거품을 물며 쓰러져 버렸다.

초오독은 내력이 약한 자는 견딜 수 없는 극독.

비수에 듬뿍 묻은 초오독이 혈관을 타고 신경계에 작용하여 그들은 순식간에 전투 불능이 된 것이다.

"도산검림의 이 강호에서 방심은 금물이라는 것도 모르

는군."

장호는 그렇게 단번에 네 명을 죽이고는 히죽 웃어 보였다.

그리고 품 안에 손을 다시 집어넣는다.

그 순간이다. 두 개의 낫을 꺼내어 든 복면인이 전면에서 달려들고, 옆으로 움직이던 쌍도끼의 복면인도 달려들었다.

그와 함께 장호는 뒤로 몸을 날리면서 다시 한 번 비수를 꺼내 번개처럼 내던졌다.

이번에는 네 개 전부가 살아남은 한 명의 복면검수에게로 향했다.

"크윽!"

복면검수가 필사적으로 검을 휘둘렀지만, 결국 두 개의 비수를 막아내지 못하고 상처를 입고 말았다.

"끄아악!"

그리고 그는 비명을 내지르면서 땅을 뒹굴었다. 그 역시 죽을 것이다.

그렇게 마지막 복면검수가 비명을 지르는 사이, 두 명의 절정고수는 장호에게 거의 근접해 가고 있었다.

하지만 장호는 그들을 보면서 여전히 히죽거리고 있다.

화악!

장호가 손을 몇 번 뒤집자 그의 소매 안에서 하얀 가루가 뿜어져 나와 허공에 비산하기 시작했다.

초오독의 분말!

전면으로 전력 질주하여 달려들던 두 절정고수는 새하얀 가루가 뿜어져 나오는 모습에 대경실색하면서 각각의 방법으로 가루를 피하기 위해서 혼신의 힘을 다했다.

그러나 그것이 그들의 실수였다.

펑!

장호가 그대로 손바닥을 들어 허공을 치듯이 두드렸고, 그 손을 통해서 강력한 힘을 지닌 장력이 허공을 격하고 날아들었다.

그 속도는 어마어마하게 빨랐다. 또한 그들이 몸을 날리는 방향으로 날아들었다.

이대로 가면 장력에 격중당할 수밖에 없는 상황.

그렇다고 피하지 않는다면 저 하얀 독 가루를 뒤집어쓸 판이다.

수하들이 어떻게 죽는지 보았으니 극독임에 분명한 독 가루를 뒤집어쓰는 것은 현명한 선택이 아니다.

둘은 그렇게 판단했고, 동시에 무기를 들어 장력을 막으려고 자세를 취하였다.

콰콰쾅!

그들의 병기와 장호가 쏘아낸 장력이 충돌해 폭음을 만들어내었다.

동시에 그들의 몸이 몇 바퀴나 구른 뒤 뒤로 튕겨 날려갔다.

장호는 그들을 보면서 무표정하게 말했다.

"심류장은 방어하기 힘들지. 너희는 이걸로 끝난 거야."

그것은 죽음의 선언.

그리고 그의 말은 옳았다.

순도 높은 선천의선강기의 내력이 심류장법의 원리를 통해 그들의 병기를 타고 내부로 침투했기 때문이다.

그들의 두 팔의 혈관이 튀어나왔고, 이내 얼굴이 붉게 물들었다.

그들은 장호의 선천의선강기를 내리누르기 위해서 내공을 총동원했다.

그러나 장호의 내공인 선천의선강기는 몹시도 순후한 순도 높은 내공이다.

거기에 심류장의 원리가 섞이니 그들의 힘으로는 도저히 막아낼 수가 없었다.

투둑.

푸확!

그들의 두 팔의 혈관이 파열되며 피가 분수처럼 쏟아져 나왔다.

"호오, 피를 뿜어내어 내 진기를 해소했나? 하지만 그렇게 출혈이 많아서야……."

장호는 그들의 대처법을 보며 감탄했지만 어차피 의미는 없었다.

이미 두 팔을 잃은 그들이 장호를 상대한다는 것은 불가능했다.

타닷!

그들은 좌우로 갈라지며 몸을 날렸다.

도주를 위해서라는 것은 누가 봐도 알 수 있는 일이다. 하나 장호의 손이 더 빨랐다.

푹, 푹.

그들의 등에 틀어박힌 비수는 무정하게도 그들의 몸에 독을 퍼뜨렸고, 이내 쓰러져 경련하며 거품을 물기 시작했다.

"쯧쯧, 아무리 급해도 그렇게 도망가서야 쓰나."

장호는 혀를 찼다.

강호에서 의원 노릇을 하다 보면 싫어도 독을 만나게 된다.

그리고 설사 독공을 익히지는 않더라도 극독을 쓸 수 있는 법.

지금의 장호가 바로 그런 모습이지 않는가?

"그나저나 이놈들 시체를 어찌한다? 내버려 두면 황밀교가 또 올 텐데."

어차피 나중에 다 드러나게 되어 있긴 하다.

이놈들을 쓰러뜨리지 않았더라도 저 금피문을 처리한 것이 소문이 안 날 수가 없으니까.

게다가 장호는 무보수 노동은 싫어하는 바, 금피문이 가지고 있는 이권을 전부 가져오는 작업도 필요했다.

"쯧쯧, 어쩔 수 없지."

장호는 일단 근처 나무를 향해 손을 뻗었다.

우지끈!

나무를 쓰러뜨리고 그것을 쪼개어 시체들 근처에 쌓았다. 우선 돈이 될 만한 것은 전부 빼내고서 불을 붙였다.

화르륵.

시체가 타들어간다. 저 정도면 어지간해서는 별다른 흔적은 찾지 못할 것이다.

"그럼 가볼까나."

장호는 고개를 돌렸다.

저 멀리 금피문의 문도들을 학살하고 있는 보의단원들이 보인다.

第八章

정비나 좀 하자

정리정돈을 꾸준히 하라.
나중에 후회하게 될 것이다.

평범한 진리

금피문의 멸문.

그리고 의선문의 강함.

그 소문은 삽시간에 태원에 퍼졌다.

시일이 조금만 지나면 산서성 전체로 번지게 될 것이고, 어느 정도의 시간이 더 지난다면 중원의 어지간한 문파는 다 알게 될 것이다.

금피문이 비록 중소 규모의 사파라고는 하지만 산서성 제일의 흑도문파였다.

그런 문파의 전력 백여 명을 단지 아홉 명이 몰살시켰다는 것은 확실히 충격적인 소식이 아닐 수 없다.

게다가 의선문은 이들 금피문과의 전쟁에서 독을 사용했는데, 그 독이 얼마나 지독한지 해약이 없다고 알려져 있다.

사실 해약이 없는 건 아니다. 다만 해약을 쓰기 전에 죽을 뿐이다.

여하튼 전투가 끝난 지 겨우 삼 일 만에 태원에 거주하는 강호인들을 비롯하여 금피문의 행동에 촉각을 기울이던 관부와 상인들이 의선문의 이런 힘에 경악해야 했다.

단지 신의가 만든 문파가 아닌, 실제적인 힘을 지닌 문파로 인식을 바꾸었기 때문이다.

예로부터 법은 멀고 주먹은 가깝다고 했다.

의선문의 힘을 알게 된 자들이 모두 의선문을 조심하고 경계하기 시작한 것은 당연한 일이다.

다만 진선표국주 진마건만은 달랐다.

그는 여전히 의선문에 호의적이었다.

사실 진마건은 표사들에게 이미 의선문주인 장호의 무위에 대해서 들은 바가 있기에 그렇게까지 놀라지는 않았다.

또한 독을 사용했다면 소수로 다수를 처리한 것도 납득이 간다.

때문에 그는 여전히 의선문에 대해서 호의적이었던 것이다.

여하튼 금피문을 처리한 지 사 일째가 되는 날.

보의단주 사마충은 수하들을 이끌고 금피문이 자리한 람현 지역으로 향했다.

금피문의 이권을 회수하기 위해서이다.

그들이 가진 부동산, 사업체 같은 합법적인 것들을 전부 회수하면 의선문의 재산은 또다시 불어나게 될 터이다.

물론 금피문이 아무리 재산이 많아봤자 의선문보다는 못하지만 갑자기 생기는 공짜 이권이 아닌가?

강호에서는 이런 일이 비일비재했다.

싸움을 걸어온 상대의 재산을 가져가는 것은 정당한 일이기 때문이다.

여하튼 보의단원 삼십여 명은 이권을 챙기기 위해서 움직였고, 장호는 하오문을 통해서 대대적으로 방을 붙였다.

그것은 바로 의선문의 외단을 모집한다는 방이었다.

*　　*　　*

"스승님, 무사들을 또 충원하실 생각이신가요?"

"그렇게 하려고 한다. 앞으로 할 일이 많으니까."

보의단은 의선문의 문도로 받아들였다. 그러나 이후에 맞이하는 무인들은 문도로 받아들이지 않고 고용 무사 형태로 운용할 생각이다.

그래서 선외단이라고 명명했다.

보의단은 의선문을 보호한다는 이름이고, 선외단은 의선문 밖의 단체라는 의미다.

이들에게도 무공을 가르치겠지만, 결국 고용된 형태로 계약할 것이다.

표국과 표사와의 관계와 같다고 할까?

표사들은 표국에 속하지만 표국의 제자가 아니다.

서로 계약관계이고, 때문에 어떤 일이 있을 경우 표사가 표국을 그만두고 다른 표국에 가는 일도 꽤 되었다.

물론 표국이 대우를 꽤 해주고 인간적인 관계로 맺어지는 경우가 다반사라 표사가 표국을 옮기는 일이 그렇게 자주 있는 건 아니었다.

그렇다 할지라도 표국과 문파의 차이는 극명했다.

떼려야 뗄 수 없는 사이인가, 아니면 단지 고용된 관계인가?

보의단은 이미 입문 의식을 마쳤고, 원접심공을 전수받았으며, 또한 권검타공과 투격공 등과 같은 장호의 무공도 전수받았다.

가장 중요한 것은 보의단원의 혈족에게 선천의선강기를 전수했다는 것이다.

선천의선강기는 초기에는 익히기가 쉽지 않다.

스승이 없다면 제대로 익히기 어려운 내공심법이었다. 다만 이후 이성 이후부터는 홀로 수련해도 상관없는 것이 바로 이 선천의선강기였고, 의선문의 근원이라고 할 만했다.

이를 익힌 순간 이미 보의단은 의선문과는 떼려야 뗄 수 없는 관계가 되었다. 배신은 곧 죽음인 것이다.

문파 입문이라는 게 본래 그러했다. 보통의 일이 아닌 것이다.

여하튼 의선문의 이름으로 선외단을 모집한다는 방이 산서성뿐만 아니라 인근 지역에도 뿌려졌다.

섬서, 하남, 하북.

북쪽의 몽고족이 살아가는 지역을 제외한다면 산서를 중심으로 섬서는 서쪽에, 하남은 남쪽에, 하북은 동쪽에 위치해 있다.

이들 세 지역에도 하오문의 도움으로 방을 붙이고 소식을 전하게 했다.

선외단원은 무려 이백여 명을 한꺼번에 뽑을 생각이고, 무공의 수준은 무조건 이류 이상이라는 조건도 달았다.

사실 이류와 삼류를 구분하는 법은 꽤나 애매하고 주관적인 부분이 많다. 때문에 그것은 석 달 후에 있을 면접시험에서 가릴 예정이다.

산서성을 포함하여 총 네 개의 성에 방을 붙였고, 방에는 의선문이 금피문을 멸문시켰다는 사실까지 명시하였다.

때문에 장호는 많은 이가 몰릴 것이며 개중에는 간자도 있으리라고 생각했다.

하지만 간자의 유입은 아무래도 좋은 일이다.

장호는 세력을 확장할 생각이지만 그것은 어디까지나 방위를 위한 것이고, 무림 제패를 하거나 강호제일의 문파가 되려는 생각은 없기 때문이다.

의약업을 기반으로 하여 세력을 키우고, 이윽고 산서성의 의약업을 쥐락펴락하게 된다면 무인을 더 많이 양성해도 문제가 없을 터이다.

돈이 많으면 세력화는 금방이니까. 게다가 그것은 의외로 견고하다.

여러 상가가 무력 조직을 보유하고 싶어도 보유하지 못하는 이유는 사실 별게 아니다.

상가의 수뇌부가 무인들의 속성을 제대로 알지 못하고 그들 스스로가 무공을 익히지 못했기 때문이다.

장호는 의원이고, 규모 있는 의방을 운영한 경험이 있으며, 또한 무인이다.

이러한 장호이기에 의약업을 장악하고 그를 통해 무력 단체를 육성하여 세력의 확대를 꾀하는 방안을 선택할 수 있었던 것이다.

사실 이런 식으로 세력을 확장하여 그 누구도 손을 대지 못하는 거대한 세력으로 성장한 곳이 있다.

바로 금마장이다.

다만 금마장이 이런 식으로 세력을 확대해 왔다는 것은 사실 잘 알려지지 않았다.

사실 알려져도 어쩔 수 없는 일이기도 했다.

문파의 우두머리가 상재와 무재를 동시에 가지고 있는 경우는 드물기 때문이다. 이는 문파의 운영과는 또 다른 문제였다.

게다가 금마장의 경우에는 정확히 삼대 전 금마장주가 그렇게 세력을 키웠고, 지금에 이르러서는 아무도 건드리지 못하는 곳이 되었다.

실제적으로 금마장의 세력은 거대 문파 셋 정도는 합해야만 공격할 수 있을 정도로 어마어마한 상태이다.

명실공히 강호 최강 최대 문파라고 할 만했다.

게다가 돈도 강호 제일이며 관부에도 그들의 손이 뻗쳐 있다.

다만 금마장은 오십 년 전부터 현상 유지만 할 뿐 세력을 확장하지 않았다.

그것은 지금도 마찬가지이며, 금마장을 건드려는 간 큰 집단은 존재치 않았다.

게다가 그들은 매우 교활하게도 이미 강호의 거대한 단체에 모두 뇌물을 쓰고 있다.

재력, 무력, 명분, 권력.

그 무엇도 금마장을 넘기 어려웠다.

때문에 금마장은 강호에서 큰 세력을 가지고 있는 것이다.

때문에 금마장주는 가장 먼저 황밀교주에게 죽임을 당하기도 했지.

장호는 속으로 그렇게 생각하며 제자의 아리따운 입술을 바라보았다.

이연은 커가면서 점점 미인이 되고 있었고, 그 아름다움은 주변 사내들의 마음을 뒤흔들기에 충분하였다.

실제로 이연에게 구혼을 해온 사내도 제법 있었으나 이연은 그들을 모두 거절했다.

대신 그녀는 장호의 제자로서 무공과 의술에 매진했다.

그녀의 의술은 지금에 이르러서는 중급 의원이라고 해도 손색이 없을 정도이다.

무위 또한 이제 일류무인이라 할 만했다.

이 정도면 강호 어디를 가도 대접받을 만한 수준으로, 장호의 아래에서 겨우 이 년 정도 수학한 것만으로도 이 정도 수준에 이른 것은 그야말로 대단하다 할 것이다.

물론 이제부터 한 오 년은 진득하게 수련해야 절정의 경지에 이를 것이다.

장호의 기준으로 일류무인까지는 빠르게 성장 가능하지만, 절정고수가 되는 것은 더 많은 노력이 필요하기 때문이다.

물론 이것도 빠른 것이긴 하다.

다른 명문대파에서도 절정고수가 되려면 최소 십 년의 수련이 필요하다.

그러나 장호에게는 의술이 있지 않는가?

각종 내공수련 보조제를 만들어서 꾸준히 먹이니 빠르게 성장하는 것이다.

그뿐이 아니다.

유가밀문의 체법으로 체질을 변화시키니 무공의 경지가 더 빠르게 성장하는 것은 당연한 일이었다.

"왜, 궁금하니?"

"예. 스승님께서 별말씀을 안 해주시니까요."

"어디 보자. 내가 빈민들을 구제하려는 것은 알고 있지?"

"예."

"그 사람의 수가 몇이나 될까?"

"현재 이만여 명이 넘는 것으로 알고 있어요."

"잘 알고 있구나."

장호는 이연의 관심과 행동을 칭찬했고, 이연은 쑥스러운 듯 웃었다.

"사람이 그만큼 많다면 그들을 통제하기 위해서 사람이 필요하단다. 그리고 필수적으로 무력도 필요하지."

"그래서 무인을 더 고용하시는 거군요?"

"그래. 대충 오백여 명 정도 필요하다. 이번에는 일차로 이백 명만 고용할 생각이다만, 그들을 훈련시키고 체계를 만든 이후 다시 이백여 명을 더 고용할 것이다. 보의단을 포함하면 모두 다 합해서 오백여 명 정도 되겠지?"

오백여 명의 무인이면 거대 문파보다는 못해도 중소 규모의 문파 중에서는 최대라 할 만한 숫자다.

물론 장호는 거기서 그만둘 생각은 조금도 없다.

장기적으로 십 년 이후엔 이천여 명이 넘는 무인을 보유할 생각이니까.

그리고 그들 중 적어도 절반은 절정고수로 만들 것이다.

그는 이미 명문대파들이나 가지고 있다는 '확실하게 절정고수'가 되는 방법을 잘 알고 있다.

전생의 경험과 현생의 경험이 합해졌기에 그렇다.

의술, 약학, 무공 지식.

이 세 가지를 두루 갖추고 있기에 그는 어린아이라면 적어도 칠 년 만에 절정고수로 만들 수가 있고, 성인이라고 해도

구 년 정도면 절정고수로 만들 수가 있는 능력이 있다.

그러기 위해서 필요한 재원도 이미 마련 중에 있었다.

의선문이 태원을 장악한 이면에는 그런 사정도 있었다.

절정고수의 수가 오백여 명 정도만 되어도 강호에서 두려워할 문파가 없다.

왜냐하면 절정고수를 오백여 명 이상 보유한 문파는 황밀교 정도뿐이니까.

초절정고수를 죽이려면 잘 훈련된 절정고수가 적어도 스무 명은 있어야 한다는 것을 장호는 잘 알고 있었다.

"그렇게 많이 필요한가요?"

"필요하지. 그것도 핵심적인 수준의 무인만 오백이라는 것이야. 적당히 무공을 가르쳐서 쓸 무사들도 필요하거든. 한 천여 명 정도는 고용할 생각이란다."

빈민은 많이 있다.

장호는 그들 중 일부를 고용하고 자경단처럼 구성하여 스스로의 영역을 지킬 생각이다.

그들에게는 이른바 십팔반병기라고 부르는 것 중 네 가지를 가르칠 것이며, 동시에 절정의 무공으로 분류되는 내공심법도 하나 가르칠 생각이다.

검, 창, 방패, 활, 거기에 적당한 내공심법.

그리고 집단전을 훈련시킨다.

그 정도만 되어도 무척이나 효과적이고 강력한 무력 집단이 완성된다.

특히 방패는 몹시 중요했다.

장호는 전생에 강호를 떠도는 와중에 군대에서도 잠시 일한 바가 있고, 집단 전투에 대해서도 어느 정도 알고 있기 때문에 이런 구상을 한 것이다.

그리고 이들은 산적들을 처리하게 될 것이다.

여기저기로 분산된 장호의 땅에서 농사를 짓는 이들을 보호할 사설 군대는 반드시 필요했다.

물론 이를 그냥 두고 볼 관부가 아니지만, 그 정도는 적절한 뇌물을 쓰면 얼마든지 넘어갈 수가 있다.

명 제국은 거기까지 썩어 있으니까.

"천, 천여 명이나요?"

이연은 어려서부터 이곳저곳을 전전했고 객잔에서 점소이로 일하면서 세상 물정을 알았다.

때문에 강호의 일에 대해서도 제법 알았는데, 강호에서 무인을 천여 명 이상 보유한 집단은 거대 문파밖에 없다는 사실도 알고 있다.

그런데 오백여 명의 정예화된 무인을 두고 거기에 추가로 천여 명의 무사를 추가로 둔다고 한다.

이는 그녀가 상상한 것 이상이라서 놀라지 않을 수가 없었다.

"천여 명을 잘 훈련시키면 적어도 이류에서 일류까지는 만들 수 있지. 거기에 오백의 절정, 혹은 일류의 무사만 있어도 강호에서 우리를 어찌하려는 세력은 거의 없게 될 게다."

"어, 어마어마하네요."

"그렇지? 하지만 잊지 마라. 우리는 무가가 아닌 의가이다. 이런 세력을 갖추려는 이유는 전부 우리를 지키고 우리가 지키고자 하는 사람들을 위해서이다. 그리고 우리는 그들의 감사를 받기 위해서 이런 일을 하는 것이 아님도 명심하거라."

"그들의 감사를 받기 위해서가 아니라고요?"

"그래. 우리는 우리의 긍지, 그리고 우리의 마음을 위해서 타인을 돕는 것이다. 그들에게 물질적인 감사도, 그리고 정신적인 감사도 필요 없다. 물론 그런 것을 받으면 좋기야 하지. 하지만 우리는 궁극적으로 우리의 마음을 위해서 그들을 돕는다. 알겠느냐?"

사람을 구하라.

의선문의 단 하나 전해져 내려오는 문규이다.

그리고 그것은 어떤 대가를 바라는 것이 아니다.

그냥 돕는 것이다.

장호의 말에 이연은 무언가를 깨달은 눈빛을 하였다.

"예, 스승님."

"오냐. 그러면 다시 진도를 나갈까?"

"예."

이연은 다시 자세를 잡았고, 검을 들어 보였다. 그리고는 전력으로 장호를 향해 달려들었다.

* * *

흑점.

강호에 존재하는 가장 비밀스러운 집단이라고 할 만한 곳.

이 흑점은 팔지 않는 물건이 없다고 알려질 정도로 대단한 곳이다.

태원에도 흑점의 지부가 존재했고, 이 흑점은 비밀스러운 물건들을 거래하였다.

재미있게도 태원의 흑점은 하오문에서 관리하고 있었다.

이유는 별게 아니다. 흑점은 여러 문파의 연합체였기 때문이다.

물론 흑점 전체를 통괄하는 존재가 있긴 했다.

바로 흑점주이다.

흑점주의 정체는 알려진 것이 없지만 강력한 통제력을 가지고 흑점 전체를 관리하였다.

흑점의 지부는 각 지역에 뿌리내린 여러 문파가 관리했고,

그들은 흑점주의 명령을 충실히 지켰다.

그리고 태원의 흑점은 하오문에서 관리하였고, 그 관리자는 바로 하오문의 장로인 도이산이었다.

즉 도이산의 약방이 바로 흑점의 산서성 태원지부인 셈.

장호는 바로 그런 약방의 지하에 와 있었다.

"이거 도 약방주께서 흑점의 일원이신 줄은 몰랐습니다."

"허허, 다 그렇고 그런 거 아니겠습니까? 그래, 무슨 일로 본 흑점을 방문하셨는지요?"

장호의 앞에 도이산이 앉아서 나직하게 웃고 있다.

장호가 이 흑점에 온 것에는 이유가 있었다.

"무공을 구입하려고 합니다."

"무공을요? 의선문의 무공이 있지 않습니까?"

"있기야 하지요. 하지만 많은 이가 익히기에는 적합하지 않습니다."

"하면……."

"상승 무공 중에서 주화입마의 가능성이 극히 낮으며 내공의 축기가 빠른 내공심법을 구하고자 합니다. 물론 공개적으로 익혀도 상관이 없는 무공이어야 하겠지요. 거기에 절정급 경공 보법 하나, 절정급 검술 하나, 절정급 창술 하나, 절정급 궁술 하나, 그리고 등급과는 관계없는 방패술과 진법이 필요합니다. 이들 무공 모두 익히기 쉬운 것이면 좋겠습니다만…….”

장호의 말에 도이산은 눈을 지그시 감고 생각에 잠겼다.

“주화입마의 가능성이 극히 낮다는 점이 중요합니까, 아니면 내공의 축기가 더 중요한 것입니까?”

“안전을 가장 우선시해야 합니다.”

“그렇다면 무조건 주화입마의 가능성이 가장 낮아야 한다는 조건을 충족시킨 상태에서 내공의 축기가 빨라야 한다는 것인가요?”

“그렇지요.”

“그러면 짚이는 것이 하나 있습니다. 연허기결(連許氣結)이라는 내공심법이 있는데, 이백 년 전 멸문한 문파의 것이라 익혀도 문제는 없습니다. 삼재기공만큼 주화입마의 가능성이 낮으며, 내공을 모으는 속도도 제법 빠르지요. 일 년에 적어도 삼 년치 내공은 모을 수 있으니 상당한 수준이 아니겠습니까?”

그 정도면 대단한 수준이다.

장호가 내공수련 보조제의 도움을 받아야 선천의선강기를 일 년에 삼 년 치를 얻을 수 있다.

그런데 그런 의약의 도움이 없어도 삼 년 치의 내공을 모을 수 있다면 보조제를 사용할 경우 일 년에 많게는 그 두 배인 육 년 치 내공도 얻을 수 있을 가능성이 있다.

"좋군요. 그걸로 하겠습니다. 가격은 어찌 됩니까?"

"금자로 삼천 냥은 받아야 합니다만……."

"사지요. 그리고 다른 무공은 어떤 게 있습니까?"

장호의 질문에 도이산은 다시 생각에 잠겼다.

"어떤 의도로 그러한 무공을 구입하시려는지 여쭈어도 되겠습니까?"

"사병을 기르기 위함입니다. 사업권이 넓어졌으니 그를 보호해야 하는데, 그러기 위해서 숫자를 많이 늘릴 생각이죠. 적당히 강한 많은 수의 무인. 제 의도는 그러합니다."

"으음."

도이산은 적잖이 놀랐다.

사병을 기른다.

이는 강호인의 생각과는 전혀 다른 관점이다.

게다가 위험한 생각이기도 했다. 사병이라는 단어 자체가 반역으로 몰릴 수도 있기 때문이다.

그러나 말이라는 것이 어차피 귀에 걸면 귀걸이, 코에 걸면 코걸이다.

의선문 휘하 문도로 탈바꿈시키면 별문제는 없을 것이다.

"그러시다면 육벽검법, 관형창법, 비회궁, 금패공을 추천해 드리겠습니다. 육벽검법은……."

도이산은 자신이 아는 바를 설명하기 시작했다.

육벽검법.

지극히 방어적인 수법의 검법으로 방어 초식만 무려 열두 가지나 되는 절정급의 무공이다.

방어를 겹겹이 하고 상대의 방심을 기다렸다가 빈틈을 찌르는 공격 초식이 네 가지로 총 열여섯 초식으로 이루어진 무공이라는 설명이다.

익히기도 쉬웠다. 초식이 정교한 것은 아니기 때문이고, 내공의 운용법도 어렵지 않았다.

대신 방어에만 특화되어 있고 공격 초식은 너무나 평범했다.

애초에 방어에 방어를 거듭하다가 상대의 빈틈을 발견하면 찌르는 식이라 그렇다는 설명이다.

관형창법.

관부에서 군병들에게 가르치는 창법에 내공을 운용하여 사용하는 비법을 뒤섞은 무공으로 절정급은 아니지만 집단전에서 몹시 큰 위력을 발휘한다고 한다.

비회궁.

활에 내력을 사용하여 활의 비거리를 비약적으로 증가시키는 활 전용의 무공이라는 설명이며, 이를 익히면 속사에도 능해진다고 한다.

금패공.

놀랍게도 상승절학의 방패를 사용하는 무공인데, 내력을 사용하여 방패를 강화하고 방패 자체의 특성을 통해 상대의 공격을 무위로 돌리는 강력한 무공이라 한다.

단점은 내공이 일정 이상 도달하지 않은 자가 사용할 시에 큰 효과를 보기 어렵다는 점이다.

장호는 모두 마음에 들어 다 구입하기로 결정했다.

전부 다 합해서 금자로 육천 냥을 내기로 했고, 장호는 만족했다.

"좋습니다. 좋은 거래였습니다."

"앞으로도 종종 들러주십시오."

"하하, 종종 그렇게 하겠습니다. 참, 혹시 상승절학급의 독공이 있습니까?"

"독공이라……. 있긴 있습니다. 만독공, 오독신공, 혈마독공으로 현재 세 개가 있지요."

혈마독공은 장호도 아는 바가 있다.

예전에 혈마독공의 혈독장에 맞은 이를 치료한 적이 있기 때문이다.

혈마독공은 여타의 독공과는 조금 달랐다.

여타의 독공이 보통 생물 독을 위주로 하고 그를 내기로 통제하는 데 반해서 혈마독공은 감염 독을 위주로 한다.

시체에서 뽑아낸 독인 시독(屍毒)이 감염 독에 속하는데,

감염 독의 특징은 중독된 상대의 몸 안에서 스스로 증식하여 독력을 증가시킨다는 데에 있다.

마치 전염병처럼.

혈마독공은 그래서 악명이 높았고, 또한 대성하기가 불가능하다고 알려진 무공이기도 하다.

사실 감염 독을 기반으로 한 독공은 전부가 대성이 불가능했다.

독력이 높아진다는 것은 치명적인 질병을 몸 안에 달고 산다는 것과 다름없어서 통제하기가 힘들고 결국 죽기 때문이다.

그나마 만독공과 오독신공은 좀 나았다.

만독공은 만 가지 독을 전부 포용한다는 독공으로 상승절학에 속한다. 과거 만독문이라는 문파의 내공심법으로 확실히 뛰어난 무공이다.

오독신공도 매우 뛰어난 상승절학인데, 오행상성의 원리에 입각하여 오행지독을 수련하여 만독을 제압한다는 무리를 가졌다.

이 두 가지 무공 모두 뛰어난 무공이라고 할 만했다.

장호는 그 말에 오독신공이 얼마나 하는지 물었다.

"이건 금자로 오천 냥은 받아야 합니다."

금자 오천 냥.

어마어마한 돈이 아닐 수 없다.

장호는 당장 그 정도 돈을 지출할 수는 없기에 고개를 절레절레 흔들었다.

“그건 차후에 구매하도록 하지요. 참, 괜찮은 경신보법은 있습니까?”

“운행신보라는 것이 있습니다. 절정무학이지요.”

“그럼 그것도 같이 챙겨주시면 좋겠습니다. 그럼 이만.”

그렇게 장호는 그곳을 나섰다.

도이산은 생각에 잠기는 듯 눈을 감았다가 잠시 후 떴다.

“거기 있느냐?”

“예, 장로님.”

“어떻더냐?”

“절정 중에서도 상위에 이른 실력인 듯합니다.”

“예상대로이긴 하지만 금피문의 두 사람을 죽일 정도는 아닐 터인데?”

“그것은 보고한 바대로 독 때문인 듯합니다.”

“초오독 말인가?”

“예.”

도이산은 수하의 보고에 미간을 찌푸렸다.

초오독은 사실 꽤나 알려진 독이다. 춘추전국시대 때부터 사용되었다고 하니 독에 정통한 이라면 대부분 알고 있다.

해독제는 존재하지만 해독제를 사용하기 전에 죽어버리는 극독.

다만 초오독을 정제하는 방법을 아는 이는 많지 않았다. 적어도 상급 의원 중에서도 독초를 제법 다루어본 이가 아니면 모른다.

"신의는 신의라는 말이로군. 그런데 초오독이 절정고수도 단번에 죽일 줄은 몰랐는걸."

"근래에 초오독이 사용된 경우는 거의 없다고 합니다."

"그런가?"

초오독은 분명 제법 알려진 독이지만, 애초에 독을 전문적으로 사용하는 문파는 이 중원에 거의 없었다.

또한 초오독이 알려져 있는 독이라고는 해도 초오독의 정제 방법을 아는 이가 드물기 때문에 그리 자주 쓰이는 독도 아니다.

초오독을 저 정도로 대량으로 생산한 사람은 아마 근 백 년간 강호에서 장호가 유일할 것이다.

때문에 극독으로 알려져 있다고는 해도 그 위력의 실체를 제대로 아는 이는 독을 전문으로 사용하는 문파 외에는 없었다.

그렇기에 도이산의 놀람은 당연하다고 할 수 있었다.

"계속 주시하고, 이 돈은 언제나처럼 금마전장을 통해 흑점으로 입금해."

"예, 장로님."

"흑점의 장사가 짭짤하구먼."

장로 도이산은 그리 말하면서 그의 앞에 놓인 전표를 바라보았다. 금마전장의 전표로 금자 육천 냥짜리다.

第九章

많이도 모였네

군중심리는 무서운 것이다.
이를 제어하게 되면,
군중은 스스로를 노예로 만들기도 한다.

정치학자

장호는 사들인 무공을 모두 읽고 완벽하게 이해했다.

사실 그럴 수밖에 없는 것이 장호는 의술에 해박하였고, 머리도 비상한 편에 속하였으며, 무공에 대한 이해력도 뛰어났고, 또한 강호에서 십 년 이상을 굴러먹은 노강호다.

많은 조건이 충족되어 있는 장호는 불과 한 달 만에 사들인 무공 중 절정에 속한 무공의 모든 것을 파악할 수 있었다.

즉 그 오의조차 파악하여 알았다는 의미다.

다만 상승절학에 속하는 연허기결과 금패공의 경우에는 오의까지 알아내는 데엔 실패하고 말았다.

연허기결은 확실히 내공을 모으는 속도가 빠르고 주화입마의 가능성도 엄청나게 낮은 무공이었는데, 다만 그 진기가 그리 순수하다고 볼 수는 없었다.

선천의선강기와 동일한 진기가 부딪친다고 할 때 연허기결의 공력은 순식간에 부서질 정도였다.

다만 진기를 빨리 모으니 육체를 강화하고 무기에 내력을 실어 공격할 때에는 쓸 만했다.

방어할 때에는 그리 쓸 만하지 않은 것이 단점.

금패공은 내공을 운용하여 방패를 강화하고 방패를 자유자재로 다루어 상대의 공격을 막아내는 무공이었다.

이 금패공을 사용하기 위해서는 금속으로 만든 제법 묵직한 방패를 사용해야 했고, 그 방패의 모양은 둥근 거북이 등껍질처럼 해야 했다.

요체는 바로 흘림에 있다.

상대의 공격을 결코 정면으로 받지 않고 방패를 통해서 미끄러지게 하는 것이다.

그렇게 방패로 막으면서 상대의 공격을 흘려 상대의 빈틈을 드러내게 하는 것이 바로 금패공의 요체였다.

그런데 기이하게도 이 안에서 아주 현묘한 무언가가 느껴졌다. 그게 무엇인지는 장호도 알 수 없었다.

그것이 바로 금패공의 오의인 듯싶었다.

여하튼 연허기결과 금패공의 오의는 몰랐지만, 효용성은 알 수 있었고, 이내 그것을 차후 모집할 선외단원들에게 가르치기로 결정했다.

장호는 이미 태원에 꽤 많은 무사가 들어와 있다는 것을 하오문을 통해 알고 있었다.

어중이떠중이만 해도 벌써 사백여 명이 넘게 들어왔고, 그들 중에는 놀랍게도 절정고수인 낭인도 있었다.

칠검도인(七劍道人)이라는 사람이 바로 그다.

본래는 상선문이라고 하는 도교 문파의 도인이었는데 상선문이 멸문하면서 낭인이 된 이다.

아직도 스스로를 도사라 칭하며 실제로 몇 가지 잡기에도 능하다고 하였다.

또한 주로 보표로 활동하고 문파 간의 전쟁에는 참여하지 않는다고 했다.

그 외에 유명한 이름이라면 혈랑도(血浪刀), 거력곤(巨力棍), 비검낭(飛劍娘), 독편작(毒鞭炸)이라는 자들이다.

전부 일류로 강호에서 낭인으로 굴러먹은 노련한 이들이었다.

이들에 대한 정보를 보자면, 전부 신용이 있고 무력도 제법되는 자들이었다.

다만 모두 하나씩 사연이 있었다.

혈랑도는 본래 해남검파의 제자였는데 해남검파의 장문인이 이 혈랑도를 탐하려 했다. 그는 남색가였고, 혈랑도는 어릴 적에 미동이었기 때문이다.

그 탓에 혈랑도는 해남파를 떠나야 했고, 낭인으로 떠돌았다.

거력곤은 천생 신력을 타고났는데, 정보에 의하면 금피문의 문주보다 완력 자체는 더 강하다고 했다.

그는 간단한 외문기공을 익히고 몸에 두툼한 갑옷을 입고 다니면서 두 개의 무거운 곤으로 적의 머리통을 깨부수기로 유명했다.

비검낭은 제법 미색이 뛰어난 여인으로, 독이 묻은 단검을 던지는 비검술의 달인이었다.

특제의 얇고 단단한 단검을 늘 사십여 자루 정도 가지고 다니는데, 그 단검이 빗나간 적이 없다고 한다.

독편작은 비검랑과 비슷하게 독이 묻은 채찍을 주 무기로 썼다. 그의 사문은 비검낭처럼 어디인지 알려지지 않았지만 그 무공이 일품이라고 한다.

이들 모두 나이가 서른이 되지 않았다.

거력곤을 제외하면 다른 자는 모두 명문 무가의 사람인 듯 싶었지만 자세한 정보는 얻을 수 없었다.

혈랑도를 제외하고는 대부분이 자신의 과거를 철저히 지

운 모양이다.

물론 심도 깊게 알아보면 못 알아볼 것도 없지만, 겨우 일류무인의 과거를 알아서 뭐에 쓰겠는가?

하오문은 그런 이유로 자신들이 대충 알 수 있는 것만 알아와 보고했다.

그러나 장호는 이들을 고용할 생각이 없었다.

그가 생각하는 것은 군대이지 뛰어난 무인이 아니었다. 집단전을 생각했고, 효율적으로 전투를 수행하기를 원하였다.

독문 무공으로 독립적으로 움직이는 무인은 그다지 필요가 없었다.

물론 절정무인인 칠검도인이라면 따로 고용을 고려할 만했다. 절정이라는 경지는 그럴 만한 가치가 있으니까.

하지만 혈랑도 같은 이들은 그다지 매력적이지 않았다.

물론 그들은 훌륭한 전력이지만 그렇다 할지라도 문제가 된다.

통일성이 깨지기 때문이다.

그들이 혹 지휘관급의 통솔력을 보여준다면 모르겠지만, 그렇지 않다면 아무 의미가 없다.

여하튼 시간은 빠르게 흘렀다. 그리고 드디어 선외단을 뽑을 시간이 되었다.

태원에는 무려 천이백여 명에 달하는 강호의 야인이 모여든 상태였다.

*　*　*

"이야, 더럽게 많네."

장호는 바글바글 모인 사람들을 보았다.

천이백여 명의 무인을 내려다보는 장호의 시선은 이러했다.

징글징글하구먼.

장호는 딱 그런 느낌의 눈빛으로 높다란 단 위에서 그들을 내려다보았다.

모두가 선외단에 소속되고자 온 이다.

사실 장호가 그리 높은 보수를 제시한 것은 아니다.

이류 무사를 기준으로 월 은자 두 냥에 숙식을 제공한다는 것뿐.

다만 후생 대책에 대한 것이 좋은 편에 속했다.

임무 수행 중 부상자에게도 역시 월 은자 두 냥을 계속 지급하며, 치료비 전액 부담과 숙식 제공을 계속한다는 것이다.

이는 소속감과 충성심을 위한 것으로써 아무리 돈으로 고용한 자들이라고는 하지만 그들이 부상자가 되었을 경우 후속 대책이 없으면 조직력이 약화되기 때문이다.

이는 어지간한 명문대파에서는 모두 하는 것이지만, 중소 규모의 문파에서는 이런 정책을 펼치는 곳이 드물다.

중소 규모의 문파들은 경제력이 빈한한 경우가 많았고, 또한 문파를 운영하는 수뇌부들이 이러한 운영 정책에 대해서 문외한인 경우가 많았기 때문이다.

중소 규모의 문파가 달리 중소 규모겠는가?

역사와 전통이 없는 것도 문제이지만, 그들은 애초에 거대한 규모의 문파를 일구어낼 사고 능력이 없었다.

"그럼 슬슬 시작해 볼까."

장호는 높은 단 위에서 자세를 바로 했다.

그리고 내공을 실어 입을 열었다.

"모두 정숙!"

정숙, 정숙, 정숙.

그 소리가 쩌렁쩌렁 울리며 사방으로 퍼져 나갔다.

여기는 태원 성 밖의 허허벌판으로 오늘을 위해서 잠시 만든 장소이다.

그 소리가 사방으로 울리자 모두가 단 위에 선 장호를 바라보았다.

높이가 일 장은 되어 보이는 단 위에 서 있는 장호는 입을 다문 채로 자신을 바라보는 무인들을 쓸어 보았다.

"아는 이도 있을 것이며 모르는 이도 있을 것이라 생각하여 소개를 하겠소. 본인은 의선문의 마지막 전인이며, 당대 의선문주이고, 선문의방의 주인이기도 한 장호라고 하외다. 강호의 여러 동도 분께서는 이 몸에게 생사판이라는 별호를 붙여주었는데 혹 아는 이들도 있을 것이오."

장호는 평소의 편하고 껄렁한 말투가 아닌 격식을 차린 하오체로 자신을 소개하며 좌중의 시선을 사로잡았다.

그러나 다들 장호의 말과 어투보다는 그의 목소리에 집중하고 있었다.

공기를 통해 선명하게 느껴지는 순후한 내공의 힘이 그들을 놀라게 한 탓이다.

"본인은 의선문의 문주로서 본 문을 노리는 강호의 무뢰배와 도적들을 막고자 선외단을 조직하고 이곳에서 일할 분들을 찾고 있소이다. 이미 강호에 널린 퍼진 방을 보고 왔을 터이지만, 혹 알고 싶은 것이 있다면 지금 질문하기 바라오. 시험을 시작하고 결과적으로 합격한 이후에도 선택권을 주겠으나 지금 이 순간 되돌아가려는 사람도 있을 것이오. 본 문에서도 모든 이에게 시험을 치르게 하지 않아도 되니 일석이조라 할 것이니 기탄없이 궁금한 것을 묻기 바라오이다."

장호의 말이 사방을 울렸다.

이것은 장호의 의도였다.

그의 무공 수위를 간접적으로 사람들에게 알려 얕보지 못하게 하려는 의도이며, 동시에 의선문이 만만한 문파가 아님을 알리려는 것이다.

선외단에게 의선문의 비전은 아무것도 가르치지 않을 테지만, 그렇다고 해도 이러한 방식으로 그들을 통제하려는 시도는 보여주어야 했다.

차후 선외단이 조직된 이후 통제 시 이러한 행위가 모두 도움이 되는 까닭이다.

"본인은 해천수라고 하며 강호 동도들은 혈랑도라고 부르는 사람입니다."

그때다. 사방이 고요할 때 혈랑도가 일어섰다.

피의 파도라는 그 별호답게 냉막한 인상의 서른 살쯤 되어 보이는 그는 제법 준수하게 생기기도 했다.

"문주께서는 선외단을 어떻게 조직할 생각이신지 그 의중을 알고 싶습니다. 어떤 형태의 조직인지 알아야 조직에 속할 것인지 속하지 않을 것인지를 결정할 수 있지 않겠습니까?"

"좋은 질문이오."

장호는 고개를 끄덕였다. 이런 질문이 나오지 않을 수가 없다고 생각했다.

의선문은 현재 대외적으로 선문의방을 통해 서민들과 빈민들을 돕는 선량한 곳으로 알려져 있다.

그러나 강호인들 사이에서는 금피문을 멸문시키고, 극독

을 사용하며, 또한 태원 의업계 분야의 패권을 차지한 문파로도 알려져 있다.

서민들을 위하는 것과 방해가 되는 자들을 냉혹하게 처단하는 모습.

이는 정사 중간의 문파들이 자주 보이는 행보였다.

물론 정사 중간의 문파 중에 서민들을 위하는 곳이 거의 없긴 하다.

다만 이들은 적을 냉혹하게 처단하고는 했다.

여하튼 그런 이유로 혈랑도 정도 되는 이름 있는 낭인이라면 이러한 문제가 궁금하지 않을 수가 없을 것이다.

"우선 본 문의 문규는 단지 하나요. 사람을 구하라. 이것은 대대로 내려져 온 것이며, 본 문의 정신이기에 멈출 수가 없소이다. 본인의 선사들께서는 이 규칙을 위하여 몸을 사리지 않아 결국 나 혼자만이 본 문의 전인으로서 문주가 되었소. 본인은 그런 과정과 역사를 배웠고, 때문에 단순한 방법으로는 사람들을 구할 수 없음을 깨닫고 선문의방을 만들게 된 것이오. 그대들이 본 문의 선외단원이 된다면 서민들을 억압하는 불한당들과 악인들, 그리고 범죄자들을 처단하는 데 그 칼을 쓰게 될 것이오."

장호는 멋들어지게 말을 늘어놓았다. 그리고 그 의지는 확고했다.

적은 처단한다.

“그러기 위해서 선외단은 집단 전투를 능숙하게 수행하기 위한 무공을 제공받을 것이며, 그에 걸맞은 수련을 하게 될 것이오. 대표적으로는 기마기사술(騎馬騎射術)을 배우게 될 것이고, 방패와 창을 익히고 독을 다루게 될 거요. 대답이 되었소?”

장호의 말에 낭인들이 모두 웅성거렸다. 장호의 말을 제대로 이해하지 못하기에 생긴 일이다.

집단 전투를 능숙하게 행하기 위해서 무공을 제공받는다?

방패와 창을 수련하게 된다?

기마기사술은 또 뭔가?

독을 배우라고?

“조용!”

장호가 다시 큰 소리를 내었다.

“간단하게 생각하면 될 것이오. 무공을 익히고 진법을 익힌다고 생각하면 될 것이오.”

장호의 말에 낭인무사들의 수군거림이 줄어들었다.

그러나 세상 물정을 더 많이 알고 문자를 조금이나마 배운 이들은 장호의 말이 어떤 의미인지 알아들었다.

장호는 무공을 익힌 군대를 양성하려는 것이다.

“본인은 거력곤이라고 불리는데, 한 가지만 물읍시다.”

그때다. 크고 우렁우렁한 목소리가 울렸다. 키가 팔 척에 달하는 거한이다.

"말하시구려."

"선외단이라는 곳은 들어보니 군병이나 다를 바 없는 것 같은데… 더 뛰어난 능력을 가진 이들은 어떻게 되는 거요?"

"지휘 능력을 고려하여 조장급의 지휘 무인이 되거나 혹은 특임조로 분류할 것이오. 그럼에도 조직에 융화되지 않는다면 배제하게 되겠지."

장호의 단호한 말에 거력곤은 고개를 주억거렸다.

사실 거력곤은 젊은 시절 군에서 복무한 경험이 있기에 장호의 말을 이해할 수 있었다.

"그렇다면 질문은 더 없소?"

그 외에도 여러 가지 질문이 있었으나 모두 소소한 것이었다.

그리고 낭인들은 단 한 명도 떠나지 않았다.

"좋소. 그렇다면 의선문 선외단원 모집 시험을 시작하겠소!"

장호가 선언하자 보의단원들이 준비를 시작했다.

*　　*　　*

일차시험은 아주 간단한 것들이 주를 이루었다.

우선 힘을 측정하는 것으로 들기 좋게 만든 무거운 돌덩어리를 들고 걷는 시험을 보았는데 여기서 무려 오백여 명이 우르르 떨어져 나갔다.

그들은 분을 내면서 시험장을 떠날 수밖에 없었다.

두 번째 시험은 지구력 시험이다.

남은 칠백여 명 중에서 사백여 명이 남을 때까지 뛰도록 만든 것이다.

내공이 되었든 순수한 체력이 되었든 상관없었다.

칠백여 명이 시험장 주변을 규칙적으로 뛰었고, 하나둘 탈락자가 나타났다.

그 숫자가 오백여 명이 남았을 때에는 경쟁이 치열했다.

다들 악착같이 뛰었고, 이윽고 백여 명이 추가로 탈락했을 때에는 꽤나 아슬아슬한 차이를 보였다.

장호는 그렇게 남은 사백여 명 중에서 다시 절반을 가려 이백여 명만 통과시킬 생각이기에 세 번째 시험을 시작하게 했다.

여기서부터는 조금 어려웠다.

바로 경공 시험을 보기 때문이다.

경공은 흔히 경신공이라고도 부른다. 몸을 가볍고 빠르게 만든다는 의미를 가지고 있기에 그렇다.

몸이 가볍고 빨라야만 더 오랫동안 멀리 뛸 수가 있다.

물론 이미 이차 시험에서 다들 경신공을 사용했을 테지만, 그 당시의 기준점은 지구력이었기 때문에 경신공의 또 다른 기능인 빠르기를 점검한 것은 아니다.

시간을 재며 가장 빠르게 달리는 사람을 뽑기로 하는 시험이 시작되었고, 사백여 명 중 백여 명이 탈락했다.

그리고 나머지 삼백여 명은 서로 비슷했다.

이 정도 되면 낭인 중에서는 정예 중의 정예다.

장호가 보니 삼백여 명 중에서 서른 명 정도가 일류 수준이고 나머지는 이류에서 일류의 사이였다.

다들 내공을 제법 수련했으며, 실전으로 다져졌고, 각자의 절기를 하나씩은 익히고 있는 자들이었다.

물론 그들의 절기는 장호 입장에서는 하등 쓸모가 없었다.

그들이 절기를 가지고 있든 강호에서 굴러먹은 노강호든 아무래도 좋았다.

그들 개개인의 강함은 어차피 집단의 앞에서는 아무것도 아니기 때문이다.

또한 그들은 철저하게 집단에 속한 집단전을 배워야 한다.

일류무인의 반열에 확실하게 들어선 이가 아니라면 어차피 개별적인 전투에서는 큰 효용 가치가 없으니까.

장호가 구상하는 대로 기마기사술을 배우거나 방패와 창,

그리고 활과 검을 배우는 쪽이 더 효율이 좋았다.

그리고 당연한 이야기지만 여기서 말하는 효율은 더 많은 적을 손쉽게 죽이는 것을 뜻한다.

여하튼 장호는 철저하게 체력, 힘, 그리고 속도를 평가하였고, 최종적으로 삼백여 명이 남았다.

그리고 이들에게 네 번째 시험을 시작했다.

바로 집단전을 위한 무공을 배우기 위해서 스스로가 익힌 무공을 포기할 수 있느냐는 질문이다.

대신 집단전을 위한 무공 중 내공심법은 상승절학급의 무공이며, 그 외의 것은 모두 절정급의 무공이라는 것도 밝혔다.

배워야 하는 무공은 도합 여섯 가지다.

내공심법, 검법, 창법, 방패공, 궁법, 경신보법.

내공심법과 방패공은 상승절학이고 나머지는 모두 절정무학이다.

이것들을 공짜로 가르쳐 주는 곳은 어디에도 없다.

다만 규율과 집단전을 하겠다는 서약하고 그것에 따라야 하며, 그러기 위해서 본인의 무공을 버리거나 사용하지 않거나 개인적으로 시간을 내서 따로 수련하든가 해야 했다.

선외단은 강제적으로 무공을 수련하는 시간이 존재하며, 이에 따르지 않으면 벌칙이 존재하고 거기에 더해서 한번 입단하면 최소 십오 년간은 선외단에서 탈퇴할 수 없다는 제약이 있었다.

하지만 그렇다 할지라도 상승절학과 절정무학을 공짜로 가르쳐 준다는 것을 생각하면 크게 문제될 것도 아니다.

애초에 문파라는 곳 자체가 이것보다도 더 빡빡한 규율에 의거하여 운영되지 않던가?

그리고 남은 삼백 명은 전원이 선외단에 입단하기를 원하였다.

본래는 이백여 명을 뽑을 생각이던 장호는 우수한 재원이 다수 모인 것을 보고 그들을 모두 고용하기로 했다.

보의단원 백 명에 선외단원 이백 명, 총합 삼백 명의 무인 집단을 갖추려던 계획에서 백 명이 더 늘어난 셈이다.

그렇게 선외단원의 모집은 끝이 났고, 이 소식은 강호 전역으로 번져 나갔다.

그리고 장호가 그렇게 선외단원을 모집하고 있는 동안 산서성의 여기저기에서는 격렬한 혈투가 벌어지는 중이었다. 하지만 그 사실은 하오문도 제대로 알지 못하고 있었다.

그러나 이러한 일이 오랫동안 감추어질 리가 없다.

선외단이 만들어지고 이 개월이 지나기 전에 그 소식이 들려왔다.

때는 한여름이었다.

*　　*　　*

의선문 선외단.

사실 급조한 조직이나 다름없고, 제대로 된 실력을 발휘하려면 시간이 필요했다.

또한 장호는 의방을 경영한 경험은 있어도 무인들을 데리고 세력화를 도모한 적은 없다.

그럼에도 불구하고 선외단은 놀라울 정도로 빠르게 자리를 잡아 체계가 잡혔는데, 이유는 사실 별게 아니었다.

장호가 강했기 때문이다.

선외단주는 칠검도인이 맡기로 했다.

그는 인격적으로도 흠집이 없는 인물이고, 낭인이면서 무위도 절정의 경지에 오른 이다.

그 외에는 선외단을 맡을 사람이 없다고 할 수 있었다.

군계일학(群鷄一鶴)이라는 말이 있다.

닭 무리에 학 한 마리가 있다는 의미이다.

그만큼 그의 무위가 다른 이들을 아득히 뛰어넘었으니 당연한 일이다.

다만 선외단주라고는 하지만 그에게 선외단의 전투에 관한 일을 맡기지는 않았다.

다만 그는 선외단원의 후생복리와 여러 가지 사안을 처리하는 권한만을 가졌다.

장호는 집단전에서 가장 중요한 것은 무공이 아니라 정확한 사태 판단이라고 보았기 때문이다.

집단전을 조율할 사람으로는 적절한 인선을 따로 구하는 중이다.

이른바 군문의 경험이 있는 군사(軍師:군에 이로운 책략과 계교를 만들어내는 사람)를 구하기로 한 것이다.

이는 무림문파라기보다는 하나의 사병 군대를 편제하는 것과 같은 일이었고, 실제로 경계를 받을 수 있는 일이지만 장호는 신경 쓰지 않았다.

도리어 이번 일을 위해서 미리 노강환을 뇌물로 여기저기 상납까지 하였을 정도다.

노강환은 없어서 못 먹는 효과 좋은 정력제였으니 이를 먹은 자는 모두 반색하며 장호의 편을 들어주었다.

뇌물을 이용한 권력, 그리고 재력과 무력.

장호는 일시적으로 큰 세력을 형성하였다.

이대로 내실을 다지고 자리를 잡아 뿌리를 내리면 태풍에도 쓰러지지 않을 거목으로 성장할 수 있으리라는 것은 누가 봐도 뻔한 일이다.

그러나 장호는 여기서 멈출 생각이 없었다.

당장은 뇌물로 권력의 비호를 받겠지만 미래에도 그럴 수 있으리라는 보장은 없다.

때문에 장호는 차근차근 준비하기로 했고, 이를 유병건 총관과 논의할 생각이다.

하지만 아직은 아니다.

유병건 총관에게 이 계획에 대해서 말하려면 시간이 좀 더 필요하다고 생각했다.

第十章

이번 일은 결국 너 때문이었어?

세상에 우연은 없다.

고언

“좋아, 되는군.”

장호의 두 손이 허공을 가른다.

그 속도가 번개처럼 빨랐고, 두 손에는 검이 한 자루씩 들려 있다.

그런데 자세히 보면 그것은 검을 휘두르는 것이 아니었다. 검을 쥔 상태로 권법을 펼치는 듯한 모습이다.

그러다가도 검을 자유자재로 휘두르는데 그 위력이 섬뜩하고 빨랐다.

이것은 장호가 선외단에 전수할 무공을 만들기 위한 과정이다.

그는 다른 무공들은 원형 그대로 가르칠 생각이지만, 단지 하나는 변형을 가할 필요를 느꼈다.

바로 육벽검법이다.

육벽검법은 훌륭한 무공이지만 지나치게 방어적이었다.

어차피 금패공을 사용하게 되면서 보조 수단으로 검공을 쓰게 된다면 육벽검법은 그리 맞지 않았다.

물론 그 사실은 장호가 이 무공을 구입할 때부터 고려한 사항이고, 그 보완책도 미리 생각해 둔 바가 있다.

바로 권검타공을 섞는 것이다.

지금의 장호는 여러 가지 의학 지식과 무공의 이론을 가지고 있어 절정무공 정도라면 그 무리를 해체하여 합하는 것 정도는 가능했다.

그리하여 만들어진 무공이 바로 이것이다.

육벽권검!

육벽검법은 검으로 여섯 개의 벽을 만든다는 이름의 검법. 거기에 권검타공이 섞이니 그 위력이 제법 대단했다.

철저히 실전적인 검법이었고, 방어를 중시하는 것은 여전하나 그 사이사이에 하는 반격 초식은 권검타공에서 따와 매섭고 날카로웠다.

단지 검뿐만 아니라 검을 쥔 손을 권법으로 변형하여 공격하기도 하고, 순식간에 손을 뒤집어 공격 방향을 속이기에도 유용했다.

게다가 육벽권검은 한 손에 방패를 들어 금패공을 사용하면서도 쓰기에 편하도록 손을 보았다.

"대, 대단해요, 스승님."

그런 장호의 시범을 보던 이연이 두 눈을 반짝이면서 감탄을 터뜨렸다.

"이론적으로만 생각했는데 잘 되는구나. 내기를 움직이는 데에도 막힘이 없어."

"권검타공과 육벽검법을 합한 것이지요?"

"그래. 진이는 이걸 익히지 못할 테니 조금 걱정이로구나."

"진이도 열심히 할 거예요."

이진은 이연보다 사실 오성이 조금 떨어졌다.

의술은 잘 따라오지만 암기력과 연산 능력이 이연보다 못했다.

그래도 성격이 우직하여 시킨 것은 열심히 하는데, 그래서 내공은 제법 깊이 수련한 상태이다.

"일단 너도 배우거라. 이건……."

장호는 구결을 가르치고 초식도 하나하나 세심히 가르쳤다.

본래 권검타공을 배워 익힌 이연이라서 그런지 제법 잘 따라했다.

"좋아, 잊지 말거라."

"예, 스승님."

"이제부터는 이 육벽권검과 내공수련에 집중하도록 하려무나. 매일 하루에 한 번씩 나에게 육벽권검을 검토받도록."

"예, 그리하겠습니다."

"좋아, 그럼 시작해."

장호가 보는 앞에서 이연은 육벽권검의 수련에 들어갔고, 장호는 주의 깊게 이연의 수련을 바라보았다.

* * *

이연이 배우는 무공은 육벽권검, 심류장, 운행신보, 선천의선강기, 투격공 등 다섯 가지로 이 모두를 익히기 위해서 하루에 여섯 시진이라는 시간을 쏟아야 했다.

이 중에서 육벽권검 외의 것은 이제 홀로 수련해도 될 정도이기에 장호가 특별히 봐주지 않아도 되었다.

이연은 이를 수련하기 위해서 선천의선강기의 체력 회복 능력과 약에 의한 체력 회복력을 동시에 사용하여 하루에 잠을 한 시진만 잤다.

그래도 불어나는 선천의선강기의 내력과 약재 때문에 피로한 줄을 몰랐고, 나날이 강인한 체력과 무력을 보유하게 되었다.

이진은 다른 수련을 해야 했다.

심류장, 운행신보, 선천의선강기, 금강철신공과 감각도를 수련하였다.

감각도를 이연에게 전수하지 않은 이유는 이 감각도를 익히기 위해서는 어마어마한 고통을 감내해야 하는데 이연에게 맞지 않았기 때문이다.

금강철신공도 그런 이유로 이연에게는 가르치지 않았던 것이다.

그러나 이진은 이연보다 이해력이나 오성이 떨어지지만 우직하고 인내심이 몹시 강했다. 그래서 금강철신공을 가르치고 수련케 했다.

이제 막 수련을 시작했지만, 적어도 오 년이면 절정고수가 될 것으로 기대했다.

그리고 그때에는 도검불침의 몸이 되어 있을 것이다.

감각도를 익혀 적의 공격을 파악하여 회피하거나 막고, 능력 부족으로 몸에 격중하게 된 공격은 금강철신공 때문에 그 위력을 제대로 보이지 못할 터이다.

그런 상태로 이진이 날뛴다면 막을 수 있는 이는 많지 않으리라.

장호는 두 제자를 심도 있게 가르치는 한편 보의단에도 무공을 확실하게 전수하였다.

이미 원접심공으로 내공심법을 갈아탄 그들은 순도 높은 내공에 의해서 과거보다 더 뛰어난 무인이 되어 있었다.

이대로 삼 년만 지나면 보의단원 중 다섯 명 정도는 절정고수가 될 수 있을 것이다.

장호는 그들에게도 여러 가지 무공을 가르쳤고, 스스로 수련케 했다.

그리고 보의단에게 가장 철저하게 수련하도록 지시한 것은 바로 궁술과 집단 전투술이다.

사실 이들은 장호가 구해 온 무공들을 보더니 스스로 모든 무공을 익히겠다고 했다.

방패와 창, 그리고 검과 활이 얼마나 효율적인지 가장 잘 아는 이가 바로 이들 보의단원이었다.

그들의 문제는 내공이 적다는 것과 익히고 있는 무공이 대부분 삼류라는 정도.

그러나 장호가 구해 온 것은 전부 절정무학 이상이었다.

다만 이제 와서 연허기결을 익힐 수는 없기에 내공은 여전히 원접심공을 익히기로 하였다.

그리고 보의단주인 사마충은 선외단주인 칠검도인과 같이

여러 가지 업무를 처리하게 되었다.

선문의방의 보호를 위한 업무에서부터 몇몇은 장호가 구입한 토지를 순회하며 순찰하는 업무까지 다양했다.

본래는 보의단의 일이었으나 이제는 철저하게 선외단이 해야 할 일이었다.

보의단은 그런 보호 호위 임무에서 제외되고 하루 종일 철저하게 무공 수련만 하게 만들었다.

보의단은 의선문도로 편입된 것이지만, 선외단은 고용된 것이기에 그런 것이라고 할 수 있었다.

그렇게 체계를 잡아갔다.

무공의 전수, 수련, 그리고 보의단에 의한 집단전에 대한 전수가 이루어지고 있는 것이다.

그뿐이 아니다.

기마기사술과 독이 발라진 무기를 다루는 법까지 전수되면서 보의단과 선외단 둘 다 상당히 고통스러울 정도로 수련에 매진해야 했다.

그리고 그 사이에 시간은 빠르게 흘러 여름이 가면서 가을이 성큼 다가왔다.

마침내 가을이 되었을 때 의선문에는 어수선함이 없어지고 완전히 자리를 잡았다.

장호는 그런 의선문과 선문의방을 둘러보고는 만족한 미

소를 지었다.

점차 그의 뜻대로 되어가고 있었다.

그리고 그 정보가 전해졌다.

*　　*　　*

"금련표국이 대패?"

"예, 문주님."

보의단주인 사마충은 심각한 표정으로 자신이 알아 온 정보가 담긴 서책을 펼쳐 보였다.

"으음!"

장호는 서책을 보고 신음을 흘렸다.

금련표국주 번청산 사망!

그리고 금련표국의 전력 팔 할이 전부 죽어 시신이 된 상황이다.

물론 그러기 위해서 산적도 무수히 죽었다.

산서성의 산적 중에서 거의 육 할은 전부 죽었다는 보고였다.

그러나 문제는 이 상황이 심상치 않다는 데에 있다.

산적들이 이렇게 죽자 살자 달려들 이유가 없기 때문이다.

그뿐이 아니다.

초절정고수이며 소림사의 외공을 익힌 번청산이 죽었다.

게다가 소림사에서 파견 나왔다가 돌아가지 않았던 원광, 원요, 원허의 세 명의 소림승 중에서 원광과 원요가 사망하였고, 원허는 중상을 입어 사경을 헤맨다고 했다.

미래에 혈광승으로 불리게 될 원허가 사경을 헤매고 있다니?

원광, 원요, 원허 세 명 다 초절정고수로 알려진 자들이다.

그들과 역시 초절정고수인 번청산까지 죽었다면 이는 보통의 일이 아니라고 할 수 있었다.

화경이 움직인 건가?

이 산서성에 대체 뭐가 볼일이 있다고 황밀교의 절대고수 중 하나가 움직였단 말인가?

"위급상황이군요."

"그렇습니다, 문주님. 이미 이 정보는 소림사에도 전해졌을 것입니다. 하오문과 개방이 하는 일이 그런 일이지 않습니까?"

"그렇겠죠. 그리고 소림사에서는 원자배의 제자가 세 명이나 죽었으니 대규모로 이 지역으로 들어올 겁니다. 물론 그들은 아무것도 찾아내지 못하겠지만요."

"그 말씀은?"

"일전에도 진선표국을 습격한 무리가 있었죠. 그 배후가 심상치 않았었는데 아마도 그들이 다시 움직인 듯싶습니다. 그들의 목적이 무엇인지는 모르겠지만… 금피문을 움직인 것도 그들이죠."

"암중 세력이 있다는 말씀이십니까?"

"예."

사마충의 얼굴이 무척이나 심각하게 변하고 말았다.

"제가 사마 단주를 문도로 받아들이고 선외단을 꾸린 것도 이런 이유입니다. 이미 이런 기색을 눈치채고 있었지요."

"그러셨군요."

"예, 조용히 지나가기를 원했지만, 그 암중 세력이 원하는 것을 아직 얻지 못했나 봅니다."

"그럼. 어찌하시겠습니까?"

"저쪽을… 조금 흔들어봐야겠습니다."

장호는 그리 말하고는 두 눈을 지그시 감았다.

"제가 움직여서 암중 세력을 좀 줄여야겠군요. 이럴 때에는 역시 독이 최고지요."

"문주님께서 직접 나서실 생각이십니까?"

"예, 사마 단주께서는 여기를 단단히 지켜주시기 바랍니다."

"하지만 아직 선외단은 믿을 수 없습니다만……."

"안전장치는 어느 정도 해두었습니다. 그리고 지금은 어쩔 수 없는 상황입니다."

장호의 말에 사마충은 어쩔 수 없다는 듯 크게 숨을 내쉬었다.

"사마 단주의 어깨가 무겁겠지만, 힘써주시기 바랍니다."

"예 문주님."

장호의 말에 사마충은 충심 어린 모습으로 대답했다.

*　　*　　*

장호는 홀로 행장을 꾸리고 훌쩍 움직였다.

말 타는 법을 배웠기 때문에 말을 하나 타고 태원을 떠났다.

장호는 빠른 속도로 북쪽으로 향했다.

바로 사경을 헤맨다는 원허를 구하기 위함이다. 그는 다가올 미래에 황밀교를 상대하기 위해서는 필요한 존재였다.

물론 엄청나게 필요한 정도는 아니지만, 그래도 장호는 중요 인물이라고 생각했기에 몸소 움직인 것이다.

게다가 장호에게는 독공이 있었고, 무려 팔십 년에 달하는 선천의선강기의 내력이 있었기에 초절정고수가 상대라 할지라도 상대할 자신이 있었다.

때문에 직접 나선 것이다.

황밀교가 태원을 직접 공격하기에는 시기상조.

앞으로 일이 년 정도는 여유가 있으니 그전에 외부에서 황밀교를 흔들어 시간을 벌 속셈이었다.

그러기 위해서도 원허를 치료하고 적에 대해서 들어야 했다.

만약 황밀교의 최고 수뇌부 중 누군가가 나섰다면 장호로서도 어찌할 수 없기 때문이다.

십육황신(十六黃神).

황밀교의 최고 수뇌부이며, 모두가 화경의 경지에 오른 절대자들.

그들을 상대하기 위해서는 강호십대고수가 나서야만 했다.

게다가 십육황신의 위로는 이대호법이 있고, 그 위에는 교주가 있었다.

황밀교주.

그가 누구인지, 얼마나 강한지는 장호도 아는 바가 없다.

그러나 황밀교주의 손에 삼무존이라고 불린 이 중 하나가 죽임당했던 것을 장호는 기억하고 있다.

사실 그게 황밀교의 난이 시작한 시발점이었으니, 더 말할 필요도 없을 것이다.

두두두두두두두두.

장호의 기마술은 상당히 훌륭한 것이었고, 장호의 애마도 한혈마의 혈통을 이어 받은 거마(巨馬)인지라 속도가 어마어마했다.

그뿐이 아니다. 장호는 종종 진기를 흘려보내 주어 애마 거룡(巨龍)의 체력을 회복시켜 주었기에 빠른 속도로 종단할 수 있었다.

"저기인가?"

멀리에 제법 큰 도시가 하나 있었다.

산서성 북부에 위치한 교역도시 중 하나인 친허라고 하는 도시였다.

이 친허라는 도시에 원허가 중상을 입은 채로 사경을 헤매고 있다는 정보를 얻었기에 여기까지 온 것이다.

장호가 오는 동안에는 그 어떤 공격도 당하지 않았다.

장호는 황밀교가 물러간 것인지, 아니면 다른 수작을 부리는 것인지 알 수 없었다.

장호의 움직임을 그들이 몰랐을 리가 없으니까.

또한 장호는 황밀교의 전투대를 하나 박살 내고 절정고수 둘을 처리했다. 그 보복을 하려고 들지 않는 것도 이상했다.

목적을 달성하고 떠난 걸까? 아니면 다른 무언가?

일단은 원허를 치료하고 볼 일이다.

장호는 말을 달렸다.

*　　*　　*

친허는 교역도시로서 인구가 그래도 오만여 명은 되는 제법 큰 대도시였다.

그 안쪽에 있는 금련표국의 지부에 원허가 있다는 것을 아는 장호는 즉시 그리로 향했다.

친허는 외부의 소요 때문인지 어수선하였고 여기저기 관병도 돌아다니고 있었다.

그런데 장호는 그런 관병 중에서 날카로운 기색의 고수들을 보았다.

절정고수!

그것도 하나가 아니고 몇 명이나 되었다.

관부의 고수들이라고?

장호는 그들을 자세히 살폈고, 그들이 동창이나 금의위 같은 황궁의 특별한 무력단체에서 나온 자들이라는 것을 알았다.

태원에서는 보지 못했던 이들이었기에 장호는 고심을 할 수밖에 없었다.

황밀교가 천여 명에 달하는 절정고수를 보유하고 그들을 통해 강호를 전복하는 난을 일으켰다면, 황궁도 만만한 조직은 아니었다.

황궁의 동창에는 절정고수만 수백여 명이 있었고, 금의위에도 그와 비슷한 숫자의 절정고수가 있었다.

황밀교의 난 당시에 황궁에 속한 절정고수의 수가 거의 천오백여 명이라는 개방의 정보가 있었는데, 그것은 사실이었다.

중원의 주인인 주씨 황가에서 그 정도 준비를 하지 않았을 리가 없지 않은가?

하지만 황가는 무능력한 인물들만이 남았고, 정치는 환관들과 일부 대신들이 좌지우지하면서 나라 전체가 병들어 있는 상황이었다.

어마어마한 수의 고수가 있는 황궁이지만 권력자들에 의해서 그 힘은 사분오열되어 황밀교의 난 때에 도리어 황밀교를 돕는 자마저 있었을 정도였다.

여하튼 금의위와 동창이 동시에 나서서 친허에 들어와서 돌아다니고 있는 것은 보통 일이 아니었다.

이게 대체?

장호는 우선 금련표국의 지부에 당도했다.

"어디서 오셨소?"

금련표국은 문을 닫아걸고 있었고, 문 밖에는 수문장격인 무사들이 서 있었다.

그런데 그 무사들도 초췌한 표정에 잔상처가 여기저기 있었다.

"태원의 선문의방의 방주이자 의선문의 문주인 장호라고 하오. 이곳에 원허 대사가 머물고 있다고 하여 왔소이다."

장호가 말과 함께 자신의 호패와 노인을 꺼내어 보여주자 무사들은 놀란 표정으로 고개를 숙여 보였다.

"신, 신의님이십니까?"

"허명일 따름이오."

"어, 어서 안으로 드시지요."

무사들은 장호가 진짜 의선문주인지도 제대로 확인하지 않고 무작정 안으로 들였다.

그만큼 다급한 모양이었다.

안으로 들어서자 사방에서 피 냄새와 고름의 향기, 그리고 약향이 진동했다.

아니, 사실 이 냄새들은 이 안에 들어오기 전부터 알았던 것이다.

장호는 무사들의 안내를 받아 안으로 들어갔고, 의외의 인물을 만나게 되었다.

"진짜로군. 진짜 장 의원이야."

"국주님, 살아 계셨군요!"

"쿨럭쿨럭. 죽을 뻔했지."

번청산이 팔 한쪽이 없는 채로 누워서 장호를 맞이하고 있었다.

장호는 피가 섞인 가래를 내뱉는 번청산을 보고 재빠르게 다가갔다.

"흐흐, 이미 늦었네. 내장이 갈갈이 찢긴 느낌이 들었거든. 지금도 내공으로 버티는 거라네."

번청산의 상태는 실로 그러했다. 내장이 완전히 찢겨서 조각난 것은 아니지만 내장 여기저기에 상처가 있고, 몸 내부가 완전히 오염되어 있었다.

기감을 연습하면서 선천의선강기를 내부로 흘리자 무언가가 느껴졌고, 그 감각에 장호는 두 눈을 가늘게 떴다.

사람들은 잘 모르는 일이지만 내장에 상처가 생기면 내장 안의 독성 물질이 몸의 안쪽에 퍼지게 된다.

이걸 내버려 두면 그대로 안쪽에서부터 썩어 들어가게 되는 것이다.

내공으로 버티고 있다는 것도 순후한 내공을 사용해 출혈을 막아 죽음을 지연시키고 있는 것에 불과하다는 것을 장호라고 모르겠는가?

"개방의 인물들을 기다리시는 겁니까?"

"아니, 스승님을 기다리는 것일세."

번청산의 말에 장호는 고개를 끄덕였다.

소림사가 이미 북상하고 있었다. 그중에 번청산의 스승이자 원허의 스승이 있다면 어마어마한 전력일 터였다.

원허대사의 스승인 요광대사는 화경에 들어가는 무시무시한 노승이었다.

천하십대고수에 들어가지는 않으나 그에 버금가는 절대무인인 것이다.

다만 그의 나이가 많다는 것이 문제이다.

실제로 요광대사는 대략 삼 년 이후에 천수를 누리고 입적하는 것으로 장호는 알고 있었다.

요광대사는 현재 소림사의 방장인 요신대사의 사형으로, 전대 방장이자 소림사의 일대제자라고 할 수 있는 은퇴한 노승인 진광대사의 수제자이며 대제자인 사람이었다.

현재 나이가 이미 여든인 노승으로, 화경에 들어선 지도 오래된 그런 사람이 바로 요광대사였던 것이다.

요광대사가 직접 온다면 개방방주 구지신개만큼은 아니더라도 황밀교로서도 무시할 수 없는 존재였다.

"요광대사 말씀이시군요."

"클클, 그렇지. 원허 사형 외의 다른 사형 분들의 죽음을 알리지 않을 수 있겠나? 게다가… 원허 사형도……."

"그렇군요. 고생하셨습니다."

"원허 사형을 봐주게. 나는 죽더라도, 사형만은……."

"그만 말하십시오. 그만 쉬셔야 합니다."

장호가 손을 썼다. 그러자 번청산의 두 눈이 스륵 감겼다. 잠이 들어버린 것이다.

"국주님을 살릴 수 있으니 빨리 사람을 불러오시오. 어서! 그리고 내가 말한 물건들을 준비하시오."

장호는 소리를 질렀다. 그러자 옆에 있던 표국의 사람들이 허둥거리면서 움직이기 시작했다.

*　　*　　*

장호는 초절정의 경지에 이르는 일은 기감력의 확대에 있다고 보았다.

기감력은 적어도 절정고수가 되기 위해서 필요한 최소한의 능력인데, 이는 애초에 내공심법을 수련할 때 생성되는 것이 보통이었다.

처음은 스승을 통해서, 혹은 내공심법의 수련 시에 기를 느끼게 되는 것에서부터 시작한다.

애초에 기감력이라는 거 자체가 기를 느끼는 능력을 발하는 거니 당연한 것이다.

기감력이 강해지면 조금 거리가 있는 곳의 기도 느끼게 된다.

그리고 이 정도는 되어야 절정고수라고 할 수 있는 것이다.

초절정의 경지는 이 상태에서 자신의 기를 통해서 감각을 느끼는 것이라고 보았고, 장호는 그를 위해서 부지런히 수련을 했다.

장호는 하루에 겨우 반 시진을 잠을 자는 건지 내공수련을 하는 건지 모를 상태로 피로를 회복하고서 살고 있는데, 남은 시간 중에는 의선문과 선문의방의 일을 제외하고는 수련에 매진하고 있었다.

때문에 최근에는 실제로 자신의 내기를 매개로 하여 감각을 느끼는 데에 어느 정도 성공하였다.

그 때문에 내기를 흘려보내 번청산의 몸안에 독성물질이 퍼진 것도 알아차린 것이다.

그리고 지금은 그러한 능력을 최대한 발휘하고 있었다.

좋아, 된다.

기감력의 증대를 통해서 기 그 자체를 장호 스스로의 감각권에 포함시켰다.

기가 스치고 지나가는 부분을 장호는 자신의 손이 만진 것처럼 느낀다.

이는 기를 원거리에서 어느 정도 제어할 수 있다는 것을 의미하고, 장호는 이에 대해서 아주 최근 수련을 하려고 결심한 바가 있었다.

그러나 지금은 대뜸 그런 힘을 써야 하게 생긴 상황이다.

번청산 국주를 살리기 위해서는 일단 복부에 구멍을 내어 오염물질을 빼내고 여기저기 상처가 난 내장을 꼬매어 그 구멍을 막아야 했기 때문이다.

이것도 장호가 전생에 부술을 공부하여 많은 수술을 한 경험이 있었고, 스승인 진서에게 의선문의 의술을 전수받았기에 할 수 있는 생각이다.

일반 의원들이라면 번청산 국주는 죽을 수밖에 없었다.

스스슥.

장호가 뿜어낸 선천의선강기가 국주의 몸 안쪽을 휘저었다. 그리고 배에 흘러내린 먹은 음식의 썩어가는 찌꺼기들을 전부 긁어내었다.

푸확.

배 한쪽에 뚫은 구멍을 통해서 썩은 내가 진동하는 오물들이 뿜어져 나왔다.

“닦아! 그리고 물과 깔때기 가져와!”

장호의 호통에 옆에서 돕던 이들이 맑은 물이 든 항아리와 깔때기를 가져왔다.

장호는 깔때기를 구멍에 거침없이 쑤셔 박았고, 물을 거기에 들이부었다.

그리고 장호가 다시 손을 댔다.

푸확!

흐릿하게 오염된 물이 다시 뿜어져 나온다.

장호는 지금 물을 직접 넣어 몸의 내부 내장 겉면을 다 씻어내는 중이었다.

"다시!"

꿀렁. 꿀렁.

푸확!

물을 넣었다 빼기를 몇 번 반복하고, 그 안이 깨끗해졌다는 생각이 들자 장호는 일단 배의 구멍을 꼬매어 막았다.

그리고는 내기를 움직여 구멍 난 내장들을 하나둘 막기 시작했다.

선천의선강기는 신체에 직접적으로 효과를 발휘한다.

강대한 내기가 스며들자 구멍들이 빠르게 아물기 시작했다.

게다가 원거리에서 조금이나마 제어가 가능해서, 상처가 기이하게 뒤틀려 아물지 않도록 신경까지 썼다.

그리고 장호는 그런 치료의 과정에서 자신도 모를 신세계를 보고 있었다.

*　　*　　*

두근두근.

심장의 박동에 맞추어 진기가 움직인다.

모든 것의 시작은 심장이다.

생명의 근원이며, 이것이 사람을 움직이게 했다.

어떤 이유에서인지 단 한 번도 쉬지 않고 심장이 움직이고 전신에 생명력을 전달했다.

진기는 그런 심장의 박동에 맞추어 움직였다.

두근두근.

장호는 그 흐름을 보았다. 내장을 치료하기 위해서 흘려보낸 선천의선강기의 흐름이 결국 혈류의 흐름과 맞물려 하나의 거대한 흐름이 된 것을 본 것이다.

이것이 생명인가?

이 생명은 대체 어디에서 시작되는 것일까?

흐름, 생명, 선천적인 무언가.

근원.

화악— 장호의 몸에서 빛이 일었다.

그것을 본 이들은 깜짝 놀라서 뒤로 물러서야 했다.

"나, 나가라! 모두! 어서!"

일을 돕기 위해서 왔던 금련표국의 간부가 작고 강하게 말했고, 모두가 밖으로 나갔다.

그리고 장호는 금련표국주를 치료하면서 선천의선강기의 흐름 안에 빠져들었다.

음양의 시작에 혼돈이 있었고, 혼돈에서 생명이 나왔으니.

이를 선천생기라고 하노라.

선천생기에 다가가고자 하는 이는 혼돈으로 스스로 들어가야 할지니.

스스로 부단히 노력하여, 선천에 가 닿으라.

선천의선강기의 구결 중 하나가 떠오르고, 장호의 전신에 선천의선강기가 번져 나가 스스로 대주천을 하기 시작했다.

그리고 그것은 하나로 모여들어 장호의 하단전에 자리를 잡더니 둥근 구슬이 되기 시작하는 것이 아닌가?

내단의 생성!

사실 선천의선강기는 전설의 금단(金丹)을 만드는 것이 염원하는 목표였다.

물론 장호도 이에 대한 비사는 들은 바가 있지만, 의선문의 역사상 그 누구도 금단을 만드는 데에 성공한 적이 없었고, 누구도 화경의 경지에 이른 적이 없다고 했다.

그런데 장호는 절정에서 그 다음 단계인 초절정의 경지로 나아가면서 금단이 생성되고 있었던 것이다.

第十一章

이게 의기상인의 경지인가

사람은 언제나 위를 추구한다.

강호야사 제갈곡

이렇게 초절정의 경지에 오르게 될 줄은 몰랐는걸.

장호는 상태가 점점 호전되고 있으나 아직 정신을 차리지 못한 원허를 내려다보면서 생각에 잠기었다.

원허의 나이는 이제 서른 중반. 그렇기에 과거 장호가 만났던 때보다는 젊었다.

또한 전생에 그가 본 원허는 염세적이고 속세를 초탈한 듯한 태도를 가졌지만 지금의 그는 그렇지 않은 것 같았다.

하기사, 아직 그는 사형제들을 전부 잃지 않은 상태다.

하지만 어찌 될지는 또 모른다. 이번에 그는 본래의 역사보다 더 빨리 혈전을 치렀고, 모든 사형제는 아니지만 두 명의 사형제를 잃었다.

그가 깨어난다면 더 빠르게 혈광승이 될 수도 있었다.

아닐 수도 있고.

장호는 침을 갈무리하여 품에 넣고는 미련 없이 몸을 돌렸다.

표국주 번청산을 치료하고 난 후 바로 원허를 치료한 지 벌써 삼 일째이다.

번청산 때에는 위급하여 기공치료까지 감행했지만, 원허는 그렇게까지 할 필요가 없었다.

다른 의원은 원허가 죽어가게 내버려 두어야 했지만, 장호의 실력으로는 그리 어려운 상태가 아니었던 탓이다.

물론 장호 수준에서 어렵지 않았던 것뿐.

상급 의원이라고 할지라도 치료는 엄두를 내지 못할 정도였다.

여하튼 원허는 무사히 치료가 되었고, 부작용도 없을 터였다.

다만 현재는 내력이 고갈되었고 체력이 떨어져 일어나지 못하는 것뿐.

그것도 시간이 지나면 정신을 차리고 일어날 터였다.

부스럭.

원허의 방을 나섰다.

새벽의 차가운 공기가 장호의 피부에 와 닿았다. 산서성의 여름은 짧기 때문에 벌써부터 공기가 차갑게 변해 있었다.

곧 가을이 올 것이고, 얼마 후면 혹독하고 긴 겨울이 시작되리라.

겨울이 되면 초절정고수조차도 어지간해서는 여행을 할 수가 없었다.

자, 이제는 어떻게 한다?

원허를 살려야 미래로 이어질 길을 이을 수 있다는 생각에 움직였다.

태원이 어수선하긴 해도, 금피문을 멸문하고 도합 삼백여 명의 무인을 모았기에 최소한의 안전장치를 만들었다는 판단하에 움직인 거다.

그러나 이후의 계획은 딱히 세운 바가 없었고, 번청산이 살아남은 것도 의외이긴 했다.

거기에 더해서 요광대사가 이쪽으로 오고 있다는 것도 본래 역사와는 달랐다.

기이하게도 산적들이 움직이고 번청산이 살아 있음에도 황밀교가 나타나지 않았다.

최초 타격을 준 것으로 그들의 목적을 모두 이루었는가?

아니면 다른 어떤 음모를 꾸미고 있는가?

알 수가 없다, 알 수가 없어.

하지만 한 가지 분명한 것은, 장호 스스로가 할 일은 이미 다 했다는 점이다.

여기서 장호가 할 수 있는 일은 몇 개 없다.

황밀교를 추적하여 그들에게 타격을 주는 것과 이대로 태원으로 돌아가는 것.

물론 장호는 후자를 선택할 것이다. 전자는 별 실익이 없기 때문이었다.

그러나 무언가 마음에 걸렸다.

그리고 찜찜했다.

"장 문주님, 국주님께서 뵙기를 청하였습니다."

잠시 생각에 잠긴 장호에게 무사 한 명이 다가와 공손히 아뢰었다.

장호는 고개를 끄덕이고 그를 따랐다.

*　　*　　*

"부상자들을 치료해 주어 고맙네."

"별말씀을 다 하십니다. 당연히 할 일이었으니 개의치 않으셔도 됩니다."

"그럴 수 있겠나. 일부러 여기까지 와서 나를 살렸는데."

번청산이 번쩍이는 눈으로 장호를 바라보고 있었다.

내상을 치유한 그는 팔이 하나 없었음에도 기세가 죽지는 않았다.

"자네… 왜 나를 살렸나?"

"사실… 국주님을 살리려고 온 것은 아닙니다. 원허 님을 구하고자 온 것일 뿐이죠."

장호는 솔직하게 대답했다. 실제로 들은 소식에도 번청산은 죽었다 했고, 원허는 중상을 입은 채로 사경을 헤맨다 했다.

"원허 사형을? 어째서?"

"예전에 그분께 보은을 받은 적이 있습니다. 원허 스님께서는 기억하지 못하시겠지만 말이지요. 제 개인적인 보은입니다."

장호는 짧게 말했다.

어차피 그런 일은 흔하지는 않아도 없는 일도 아니었고, 장호가 여기에 오는 핑계로 이보다 적당한 것도 없었다.

또한 사실이기도 했다.

정확히는 장호는 전생에서 혈광승 원허에게 도움을 받았었다.

시간을 뛰어넘어 이리 은혜를 갚게 된 것은 기이하지만, 어쨌든 사실은 사실이지 않은가?

"그런가. 괜한 의심을 해서 미안하네."

"아닙니다. 어수선한 상황이니 충분히 그럴 수 있음을 이해합니다. 그런데… 누구였습니까?"

장호의 말에 번청산이 두 눈을 감았다. 진지한 기색의 그는 잠시 후 입을 열었다.

"마공을 사용하는 자들이었어."

"마공 말입니까?"

"그래. 백여 년 전 사라졌다고 알려진 마교의 무공인 듯했네."

"마교……."

천년마교.

한때에는 배화교라고 불렸으며, 어떤 때에는 명교라고 불렸고, 어떤 때에는 백련교라고도 불리었던 종교 단체.

알 만한 사람은 다 아는 그곳은 명제국의 탄생에서 태조 주원장이 속한 단체이기도 하였다.

명태조 주원장은 그 당시 백련교에 속하였던 장로 중 하나였다고 하는데, 어떤 이유에서인지 백련교를 나와 백련교를 마교로 몰아 처단하였다고 했다.

그 이유는 제대로 알려지지 않은 야사였는데, 장호는 그 과거의 일에 대해서 제갈화린에게 조금 들은 바가 있었다.

과거 원나라가 몰락하고 명나라가 건국되던 시기.

한 명의 절대자가 등장하여 강호를 뒤흔들고, 명제국의 건립을 도왔다고 한다.

진환마제 진유현.

제갈화린이 가지고 있던 사마밀환을 만든 자.

그는 각종 술법과 사술에 능했으며, 무공으로서도 절대경지에 이른 초인이었다고 한다.

제갈세가에 대대로 내려져 오는 비망록에 따르면, 그는 주원장과 거래하여 명제국의 설립을 도왔고 이후에는 백련교와 주원장의 사이가 멀어지자 백련교를 보호하였다고도 했다.

어디까지가 진실이고 어디까지가 지어낸 이야기인지 모르는 과거를 들었을 때 장호는 흥미로움을 느꼈었다.

그런 백련교에는 지금의 시대에는 상상도 못할 악마적인 위력을 지닌 마공들이 수두룩했다고 하니, 가히 전설 속의 문파라고 할 만했다.

그리고 그들의 마공이 하나 나올 때 마다 근 수십 년간 강호에는 크고 작은 혈풍이 불었었다.

"어떤 마공이었습니까?"

"그 기운의 색이 검었네. 그리고… 다른 기운을 오염시키더군. 나는 다행히 금강반야신공의 진기로 그 기운을 몰아내었지만, 표사들과 표두들은 격중당한 순간 피를 토하고 죽었네."

"음."

검은색의 진기.

마공 중에는 그러한 것이 많았다.

또한 진기가 내부로 스며들어 가 다른 진기를 오염시켜 주화입마를 일으키게 한다면, 이는 상위의 마공이라는 의미였다.

장호의 내가진기는 그 순수성 때문에 다른 진기를 제압하고 갈기갈기 찢어버린다.

그러나 마공은 다른 진기를 오염시켜 마기로 바꾸는 공능을 가진 것이 제법 많았다.

그리고 그런 것들은 다 상위의 마공이다.

"파사의 속성을 지닌 불가의 내공이었기에 국주님께서 무사하셨던 것이군요."

"그런 것 같네."

"마공이라… 그들이 나타난 건지도 모르겠군요."

"그들? 뭔가 알고 있나?"

장호는 일부러 말을 하지 않고 속으로 생각했다.

여기서 정보를 흘려둔다면… 황밀교를 조금 더 골탕 먹일 수 있으리라.

"황밀교라는 곳이 있습니다."

"그건 어디인가?"

"글쎄요. 저도 잘은 모릅니다만, 과거 마교라 칭해졌던 백련교가 몰락한 이후에 나타난 종교단체라고 하더군요. 다만 몹시 비밀스럽고 은밀한 곳이라고 합니다. 그곳이 백련교 몰락 후 나타난 곳이니 어쩌면……."

"연관이 있을 수도 있다, 이거로군?"

"예. 추측일 따름입니다만."

"음, 알겠네. 의심이 갈 만하군."

번청산은 고개를 끄덕이며 장호의 말을 기억하려 애쓰는 듯 보였다.

"하루 후면 스승님께서 도착하신다고 전언이 왔네."

"그렇습니까. 하면 저도 떠나겠습니다. 원허 스님께는 안부 인사를 대신 전해주시면 좋겠습니다."

이미 표국의 환자는 전부 치료한 장호이다.

그러니 더 이상 여기에 머무를 이유는 없었다.

"가려는 건가? 홀로? 위험하네."

"이래봬도 제법 합니다. 걱정 안 하셔도 괜찮습니다."

"으으음. 현명하지 않은 선택일세."

"그래도 가보아야지요."

장호의 말에 번청산은 고개를 절레절레 흔들면서 더는 만류 하지 않았다.

장호가 고집을 부리는데 막는 것도 이상한 일이다.

"그럼 몸 보중하십시오."

장호는 포권을 해 보이고는 미련 없이 몸을 돌렸다.

이제 어떻게 될지 뒤로 물러나 지켜보자.

장호는 그렇게 생각하고서 움직이기 시작했다.

*　　*　　*

다그닥, 다그닥, 다그닥.

거대한 크기의 말이 훤칠하게 생긴 청년을 태우고서 관도를 천천히 걷고 있다. 걷는다고는 하지만 말의 보폭은 사람보다 빨라서 이미 충분히 사람보다 빠르게 이동하는 중이었다.

장호는 멀리 해가 지는 것을 보면서 어디서 야영을 할까? 하고 생각을 하는 중이었다.

"오늘 따라 석양이 멋지구나."

태원까지는 말을 달려서 적어도 나흘은 가야 한다. 그렇기에 중간중간에 야영은 필수라고 할 만했다.

애초에 북상할 적에도 그렇게 움직였었고, 야영을 했었다.

거룡의 덩치가 커서 야영을 위한 물건을 충분히 가져오기도 했다.

장호는 해가 완전히 떨어지기 전에 야영할 곳을 만들기 위해서 관도 주변을 둘러보았다. 그러다가 한 커다란 고목을 발견할 수 있었고, 그 아래에 간이 천막을 치기로 했다.

말을 멈추고 말 등 위에서 내려선 장호는 능숙하게 말의 등짐을 꺼낸 다음 그것들을 땅에 펼쳤다.

파팟.

절정에 이른 경공술을 펼쳐 한 번에 삼 장을 뛰어오른 장호는 그대로 두툼한 나뭇가지 위에 올라섰다.

그리고 들고 있는 천을 넓게 펼쳤다.

나뭇가지를 지지대로 삼아서 천을 펼치자 그럴싸한 지붕이 만들어진 것은 순식간이었다.

이 천은 기름을 잘 먹여서 방수가 되며 두툼해서 어지간해서는 찢기지도 않는 물건이었다.

그렇게 엉성하지만 확실히 비바람을 막아줄 지붕을 만든 장호는 그대로 천을 단단히 고정하고 땅바닥을 향해 늘어지게 만들었다.

확실하게 비바람을 막아줄 간이 천막이 만들어진 셈이다.

장호는 땅으로 내려와 천막 주변의 땅을 팠다.

혹시 비가 올 경우에 물이 빠져나갈 배수로를 만든 것이다. 그다음에 천막 안으로 들어가서 간이침대를 설치했다.

접이식 간이침대는 간단한 듯 보이지만, 제법 숙련된 장인이 아니면 만들기 어려운 물건이기도 했다.

그렇게 모든 것을 만든 이후 장호는 말을 천막 안으로 들였다.

말이라고는 하지만 산서성은 몹시 추워서 밖에 두면 추위 때문에 감기에 걸릴 수도 있기 때문이었다.

천막 안은 상당히 넓어서 말이 들어와 누워도 자리가 남을 정도였다.

장호는 천막 가운데의 흙을 파서 불을 피울 공간을 만들었다. 그리곤 밖으로 나가 장작으로 쓸 만한 나뭇가지들을 주워서 천막 안 한쪽에 쌓았다.

그리고 그 일부를 중앙 화덕에 놓고 불을 피웠다.

화륵.

화덕의 불이 피어오르며 천막 안을 따뜻하게 바꾸기 시작했다.

천막은 충분히 두터웠기 때문에 열기가 잘 새어 나가지 않아 순식간에 천막 안이 훈훈해졌던 것이다.

장호는 모닥불을 바라보다가 간이침대에 가서 누웠다.

하루에 한 시진 정도 자는 것만으로도 충분히 피로가 회복되는 장호지만, 장호의 말 거룡은 그렇지 않았기에 이렇게 야영을 하는 것이다.

게다가 거룡은 장호처럼 밤눈이 밝은 것이 아니라 밤에 길을 가는 것은 확실히 위험한 일이었다.

"히히힝."

거룡이 누워서 소리를 낸다.

장호는 피식 웃으며 일어나 짐의 한쪽에 잘 쌓아놓은 당근을 꺼내어 던져 주었고, 거룡은 맛있다는 듯이 당근을 먹기 시작했다.

"그래, 그래. 많이 먹어라."

장호는 그런 거룡을 보며 웃음 지었다.

일이 형은 뭐하고 있을까? 일이 형에게 화산파로 가라고 한 것은 잘못된 선택이었을까?

삼이 형은 잘 있겠지?

장호는 불꽃을 바라보며 잠시 생각에 잠겼다. 그리고는 이내 고개를 흔들고는 일어나 앉아서는 좌선을 하였다.

화악.

금련표국주 번청산을 치료하면서 우연하게도 초절정의 경지에 이르렀지만, 아직 모든 것이 만족스러운 상태는 아니었다.

그래서 장호는 운기조식을 하며 차근차근 자신의 달라진 점과 알게 된 점을 점검하기 시작했다.

번청산과 원허를 살렸다.

원허야 원래 죽어서는 안 되는 인물이지만 번청산은 사실 죽었던 인물이 아니던가?

그가 살아남에 따라서 미래가 어떻게 변할 것인지 사실 걱정이 안 된다면 거짓말일 것이다.

이미 미래는 꽤나 바뀌었다.

금피문의 멸문도 그렇고, 장호가 죽인 황밀교의 고수들도 마찬가지다.

지금 이 시점에서 죽을 리 없었던 황밀교의 고수들이 죽었고, 살아남으면 안 되는 인물들이 살았다.

앞으로 그가 아는 미래와는 많은 부분에서 달라질 것이 분명하다.

그렇다면 역시 내공을 모아놓아야 했다.

초절정고수라고 해도 화경의 절대고수에게 밀리지 않기 위해서는 내공이 막강해야 했다.

천하삼존의 세 명은 알려지기를 그 내공이 측량하기 어려울 정도로 많다고 한다.

하지만 그들이 대략 어느 정도의 내공을 가졌는지 장호는 안다.

구지신개만 해도 그 내공이 무려 사 갑자를 넘는 괴물.

천하십대고수 중 천하삼존을 제외한 다른 자들의 경우에는 보통 이 갑자에서 삼 갑자 사이로 알고 있는 장호였다.

그들 전부 화경에 이른 절대자이니, 적어도 그들에게 일수에 죽지 않으려면 내력이 삼 갑자는 넘어야 할 터였다.

선천의선강기는 여타 내가진기에 비해서 그 순후함이 뛰

어나니 내공만 늘일 수 있다면 충분히 상대 가능하리라.

그렇다면 필요한 것은 무엇일까?

영약이다.

내공을 획기적으로 늘일 수 있는 영물의 내단을 먹어야 했다.

초절정의 경지가 된 지금이라면 영물들과의 전투도 그리 어렵지 않게 이길 수 있을 것이니 의선문의 기반을 조금 더 다진 다음 영물들을 사냥하러 가는 것이 나을 터였다.

ㅊㅊㅊㅊㅊ.

장호는 미래의 일을 생각하는 한편 초절정의 경지에 오르며 얻게 된 진화된 기감력을 운용하면서 자신이 할 수 있는 일의 한계를 가늠하고 있었다.

초절정이 되기 전에는 기를 마치 자신의 몸의 일부처럼 감각을 느낄 수 있었다면, 지금은 그 기를 수족처럼 움직이는 것이 가능해졌다.

심지어는 허공섭물의 기예가 어느 정도 가능한 수준이 되었는데, 이는 확실히 신세계라고 할 만했다.

지금의 기의 제어운용능력이면, 생사의 고비에 선 환자도 살릴 수 있을 거라고 생각될 정도였던 것이다.

그뿐이 아니다.

장호는 자신이 초절정고수가 되면서 진화된 기감력을 얻

었고, 그 이면에 무엇이 작용했는지도 알았다.

바로 상단전이다.

백회혈이 열리고 뇌에 기운이 흐르면서 정신이 또렷해진 것을 깨달으며 상단전이 열렸음을 알게 된 것이다.

초절정의 비밀.

그것은 단지 기감력의 진화만이 아니었다.

기감력의 진화가 이루어지기 위해서는 바로 상단전이 열려야 했던 것을 장호는 이번의 일로 알아차린 것이다!

물론 그러기 위해서는 정신적인 깨달음이 필요하다.

만약 깨달음이 없었다면 상단전이 자극당할 리도 없었고, 자연히 상단전이 열리는 일도 없었을 터였다.

즉, 유구한 사고의 흐름과 힘이 상단전을 자극하여 여는 열쇠였던 것!

이러니 초절정고수가 되는 이론을 제대로 만들 수 없었던 것이라는 것을 장호는 알 수 있었다.

장호도 의술을 배우지 않고 전생과 현생의 경험이 없었다면 초절정고수가 되고서도 왜 자신이 초절정고수가 된 것인지 제대로 설명을 할 수 없었을 터였다.

여하튼 장호는 자신의 지식을 통해 초절정고수가 되는 비밀을 밝혔고, 초절정고수가 왜 강한지도 알았다.

초절정고수는 상단전이 열리면서 의지로서 기를 제어할

수 있게 되었던 것이다.

또한 상단전이 열림과 동시에 기와 장호는 하나가 되었다.

즉 기가 장호의 또 다른 신체처럼 되었다는 의미이다.

기를 통해 사물의 질감 같은 것을 세세히 알 수 있고, 냄새나 맛도 알 수 있을 정도.

거기에 기를 수족처럼 부릴 수 있으니 기의 운용이 더욱 세밀해져서 공격과 방어시에 과거에 비하여 더 강력한 위력을 보일 수 있었다.

이게 초절정고수의 비밀.

절정고수도 일류무사에 비하면 압도적이라고 할 만큼 강했다.

그러나 초절정의 경지는 절정고수들을 압도하는 강함을 가진 것이다.

츠츠츠츠츠.

장호는 몸 밖으로 뿜어냈던 선천의선강기의 진기를 다시 몸 안으로 불러들였다.

그러나 밖으로 나갔던 기운이 전부 회수된 것은 아니었다.

자연지기와 접하면서 자연스레 진기에 대한 통제력이 약화되고 결과적으로 진기가 소모되었던 것.

그래서 회수한 진기는 내뿜었던 진기의 사 할 정도뿐이었다.

그래도 절정의 경지에 있을 때와는 비교도 할 수 없는 일이었다.

절정고수일 때에는 한 번 체외로 발출한 진기를 회수할 능력 자체가 없었던 것.

게다가 지금은 사 할 정도만을 회수하였으나, 이것도 부단히 노력한다면 적어도 육 할 이상을 회수할 수 있을지도 몰랐다.

급박한 전투 와중에 진기를 회수하는 행위를 할 수 있을지 의심스럽지만, 그래도 수련해 두면 상당한 도움이 될 터였다.

여하튼 장호는 과거에 비해서 거의 세 배 이상 강해져 있다고 할 만했다.

일단 공격 거리부터가 남다르다.

예전에도 장력을 사용하여 격공장을 썼었지만, 지금은 그 위력이 족히 다섯 배 이상 더 강해졌고, 사정거리는 세 배 이상 늘어난 것이다.

전에는 유효사거리가 이 장(일 장:3m)이었다면, 지금은 두 배인 육 장(18m)안이면 장력을 사용해 적의 내장을 찢어버릴 수 있을 정도다.

육장이면 즉사시킬 수 있고, 십 장이면 적어도 생사를 오가게 만드는 중상을 입히며, 십오 장 범위라면 중경상을 입게 만들 수 있게 된 것.

게다가 과거에 비해서 내력의 소모도 적다.

보통 격공장 한 번 사용할 때에 육 년의 공력은 써야만 했는데, 지금은 그 절반인 삼 년의 공력만 사용해도 저만한 위력이 나올 정도였다.

게다가 장호는 격공장 같은 것보다 독을 바른 단검과 암기를 사용하니 그 효율은 몇 배나 더 올라갔다고 할 수 있었다.

아마 장호 혼자서 백여 명 정도는 순식간에 죽일 수 있지 않을까?

여하튼 장호는 차분히 앉아서 자신의 한계를 점검하고 있었다.

쏴아아아아.

밖에 비가 내리기 시작한다. 장호는 시원하게 쏟아지는 빗소리를 들으며 점점 자신의 안으로 침잠해 들어갔다.

그리고 이윽고 자신을 잊고, 세상을 잊었으며, 동시에 모든 것이 하나가 된 듯한 감각 속을 거닐었다.

第十二章

웬 여자아이람?

세상에 우연은 없다.

고언

우르릉!

몰아일체의 상황 속에서 장호는 큰 폭음을 듣고 깨어났다. 그리고 큰 아쉬움에 한숨을 내쉬었다.

조금 만 더.

아주 조금이면 무언가에 가 닿을 수 있을 것 같았는데…….

어쩔 수 없나.

"후우."

장호는 한 번 더 한숨을 내쉬고는 자리에서 일어섰다.

우지끈!

쏴아아아아.

빗소리와 더불어 나무가 부러지는 소리가 들려왔다. 아까 있었던 폭음은 산의 일부가 무너지는 듯한 소리였고, 지금은 나무가 부러지는 소리가 난 것이다.

무언가가 외부에서 일어나고 있다.

폭약은 아닐 터다.

지금은 비가 오고 있는데 화탄이 폭발할 리가 없지 않겠는가?

그렇다면 이 빗속에서 누군가가 싸우는 것이 틀림없었다.

그것도 저렇게 큰 소리를 내면서.

쏴아아아아.

폭음 이후로 소리가 들리지 않는다.

아마도 저 빗속에서 누군가가 격돌하고 있겠지만, 빗소리 때문에 그런 작은 소리는 묻히고 마는 것이다.

장호는 잠시 가만히 생각에 잠겼다.

개입할까? 아니면 그냥 둘까?

잠깐, 이 지역에는 황밀교가 있지.

그렇다면…….

상대는 황밀교일 가능성이 높아.

장호는 무장을 챙겼다.

암기, 단검, 그리고 검. 그리고서 천막 밖으로 걸음을 옮졌다.

쏴아아아.

소리가 울렸던 방향은 북동쪽. 장호의 신형이 순식간에 그 방향으로 달려나갔다.

보의단과 선외단을 가르치면서 스스로도 익힌 운행신보를 사용하며 나아가자 과거와는 천양지차의 속도로 이동할 수가 있었다.

황밀교는 발견 즉시 사살한다.

미리미리 그 수를 줄여놓는다면 미래에 큰 도움이 되겠지.

장호는 그렇게 생각하며 소리가 들렸던 방향을 향해 내달렸고, 곧이어 금속이 충돌하는 소리를 들을 수가 있었다.

빗소리 때문에 희미한 그 충돌음에 장호는 즉시 소리가 들린 방향을 향해 달렸고, 이내 복면인 수십여 명과 대치한 두 명의 사람을 볼 수가 있었다.

저들은…….

언제인가.

태원에서 구지신개를 만나던 적에 보았던 중년인과 어린 소녀가 그 자리에 있었다.

어린 소녀는 비단으로 만든 화려한 옷이 엉망이 된 상태였고, 각각의 손에는 짧은 소검과 장검을 들고 있었다.

여기저기 옷은 찢기고 잔 상처 때문에 피를 흘리고 있는 상태로 쏟아지는 비를 맞고 있는 소녀. 그리고 그런 소녀와 등을 맞댄 중년인은 한 자루 검을 들고서 사방을 쓸어 보고 있는 중이었다.

그리고 그런 중년인의 손에 들린 검에 흰 아지랑이가 조금씩 일렁이고 있는 것을 보니 적어도 초절정 경지 이상인 듯싶었다.

화경일까? 아니면 초절정일까?

어느 쪽이든 상당한 고수라는 것을 알 수가 있다.

그리고 그런 두 명을 둘러싼 복면인의 수는 무려 육십여 명이나 되었다. 복면인 중 여섯 명을 제외한 나머지는 두툼한 금속으로 만든 방패와 만월처럼 휘어진 곡도를 들고 있었다.

그리고 장호는 저들을 안다.

귀갑대(鬼鉀隊).

황밀교의 정예 전투 단체 중 하나로 특별하게 만든 갑옷과 방패를 착용하여 방어하는 데 특화된 자들이었다.

저들의 주 전법은 진법을 펼치고 저 방패와 갑옷으로 상대의 공격을 차단하여 공력을 닳게 만드는 것.

무수히 많은 초절정고수가 저 귀갑대에게 사냥당했을 정도이니 말해서 무엇하랴?

게다가 지금처럼 비가 오면 소수의 고수에게는 더더욱 불리하다.

귀갑대 앞에서 싸우는 저들 여섯은 누구지?

장호의 시선은 포위망을 구성한 귀갑대의 앞으로 나서서 검을 들고 선 여섯 명을 보았다.

그들 중 다섯은 중년인처럼 검에 검기를 피워 올리고 있었던 것이다.

그런데 그들의 검기는 중년인에 비해서 무척이나 미약했다. 아마도 절정고수인 듯했다.

다만 검기를 피워 올리지 않은 한 명은 장호로서도 대체 그 경지가 어떤지 알 수가 없었다.

저자는 누구지?

검은 가죽 장화에 역시 마찬가지로 검은 가죽 장갑을 끼고 있는 젊은 청년!

장호는 본능적으로 저 청년에게서 위험함을 느꼈다.

그리고 그런 본능을 통해서 장호는 상대가 자기보다 한 수 위라는 느낌을 받았다.

화경인가?

그렇다면 저 중년인도 화경이겠군.

위험한데…….

"구지신개랑 싸우지 못해서 아쉬웠는데, 이렇게 신명나게 싸워서 참 즐겁구려."

"개소리 지껄이지 마라. 그 아가리에서 똥내가 나서 역겹다."

청년의 말에 중년인은 거칠게 대답했고, 장호는 그런 둘을 보며 생각했다.

둘 다 분명히 화경의 절대고수이다.

그러나 장호는 저 둘을 본적도 들어본 적도 없었다.

전생에 어지간한 절대고수의 이름과 특징은 다 들었었다.

그렇다면 저 둘은 대체 누구란 말인가?

"나이 드신 분이 풍류를 모르시는 구려."

"지랄하네."

"이제 좀 비키시고, 흑점주를 이리 보내시지 그러오?"

흑점주!

장호는 두 눈이 동그래졌다.

저 소녀가 흑점주라고?

"네놈이 감히 반역을 저지르게 내버려 둘 것 같은가!"

"그럼 어쩌려고 그러오? 비가 세차니 그 잘난 동창과 금의위도 하루는 찾지 못할 것 아니겠소? 그러게 철없는 어린아이의 소원을 들어준다 하지 말았어야지. 그대들을 잡으려 산서성을 들쑤시느라고 힘들었다는 것은 아시오?"

그런가.

그랬구나!

장호의 머릿속이 갑작스럽게 환해지는 기분이 들었다.

황밀교가 산서성에서 일을 일으킨 이유!

그들이 산적을 들쑤시고, 금련표국을 공격했으며, 금피문을 움직인 이유!

흑점주라는 저 소녀를 잡기 위해서다!

또한 동창과 금의위, 그리고 반역이라는 단어를 미루어 볼 때 저 소녀는 보통의 신분이 아닐 것이다.

황족!

그렇다, 황족이다.

그리고 하나의 의문이 풀어졌다.

흑점은 황가의 것이었다!

생각해 보면 흑점은 여러 가지로 비밀이 많은 집단이었다.

천하의 어떤 세력이 감히 하오문과 각종 흑도문파를 엮어 비밀스러운 거래를 계속하는 흑점이라는 연합세력이며 집단인 조직을 만들 수 있겠는가?

황궁이라면 가능하다.

황가는 오래전부터 흑점을 통해서 강호를 통제해 온 것이다!

그리고 저 소녀는 바로 당대의 흑점주일 터.

그렇다면 필시 저 소녀도 주씨이리라.

만약 장호가 고향땅에서 진선표국을 돕지 않았다면 이미 진즉에 저들은 충돌했을 것이다.

전생에 저들이 어떻게 되었는지는 모르겠으나, 지금은 마치 운명의 장난처럼 장호가 바로 이 자리에 와 있다.

이미 미래는 바뀌었고, 지금 이 시점이야말로 또다시 미래를 바꿀 중요한 지점이라는 것을 장호는 알 수 있었다.

그렇다면 뭘 망설이겠는가? 바로 시작해야겠지?

크크, 황밀교 놈들. 내가 너희에게 큰 선물을 해주마.

"자, 공손무위 대영반. 더 이상 시간을 끌지 말고 여행길에 오르는 것이 어떻소?"

"무슨 여행길 말이냐?"

"저승으로의 여행길이 아니고 뭐겠소?"

우우우웅!

청년이 검에 검기를 돋군다. 그것은 점점 강해져 환하게 타오르는 빛이 되었다.

강기!

장호는 그 순간 품에서 단검을 꺼내어 들었고, 내력을 끌어올려 지체 하지 않고 즉시 던져냈다.

투격공(投擊功) 칠초식(七招式).

십투격(十投擊).

열 개의 쇠못 같은 암기가 허공을 날아간다. 투격공의 무리를 따라 내공이 실린 쇠못은 공기를 가르고 무서운 위력으로 움직였고, 정확하게 열 명의 귀갑대원의 몸을 꿰뚫었다.

"으아악!"

비명과 함께 열 명이 즉시 쓰러졌다.

적들이 초오독 때문에 고통에 찬 비명을 지르며 쓰러지자마자 장호는 다시금 두 번째 공격을 시도했고, 적들은 아직 장호의 습격에 제대로 대응하지 못했다.

푸푸푹!

갑옷을 뚫고 몸 안 깊숙이 박히는 쇠못암기!

이번에는 조금 빗나가 일곱 명만이 암기에 격중당했으나, 그것만으로도 이미 충분했다.

순식간에 열일곱 명이 비명횡사했기 때문이다.

"습격이다!"

"뒤에 방진을 만들어라!"

귀갑대는 두 번째 공격 이후에 즉시 몸을 돌려 장호가 올라서 있는 나무가 있는 곳을 향해 방패를 들었다.

그러나 장호는 그걸 보면서 히죽 웃고는 뒤로 몸을 날렸다.

같은 자리에서 계속 암기를 던지는 것은 어리석은 일.

이 숲에서 너희 모두를 죽여주마.

장호는 그렇게 생각하며 비 오는 어둠 속으로 사라져 갔다. 그 뒤로 귀갑대가 재빠르게 추격을 시작했다.

그리고 그 추격이 좋은 행동이 아니라는 것을 그들은 곧 알게 되었다.

죽음을 대면하게 되었으니까.

*　　*　　*

"네놈 부하들이 죽어나가고 있군 그래."

"그렇긴 하구려. 하지만 저들은 저들의 일을 하는 것이니 신경 쓰지 마시오. 너희는 흑점주가 도망치지 못하게 경계하도록."

"존명."

"자, 그럼 우리도 한판 해봅시다."

"좋아. 네놈의 목을 잘라주마!"

중년인과 검은 가죽 장화의 청년이 서로 강기를 만들어내며 격돌했다.

*　　*　　*

"끄, 끄륵."

마지막 귀갑대원이 흰 거품을 물고서 쓰러졌다.

장호는 흐릿하게 웃으며 그 시체를 내려다보다가 고개를 돌렸다.

쾅! 콰쾅!

큰 폭음이 계속되고 있다. 전생에서도 저런 소리를 들어본 적이 있었다.

강기가 충돌하여 폭발하는 소리.

저 근처에 실력 없이 다가갔다가는 목숨을 내놓아야 한다.

그거야 당연한 일이다. 강기가 폭발하며 사방으로 강기의 조각이 비산하니, 그것에 얻어맞았다가는 죽을 수밖에 없기 때문이었다.

장호는 소리가 들리는 방향으로 향했다.

그곳에 가자 강기의 검을 든 두 명이 무서운 기세로 서로를 공격하는 것이 보였다.

흑점주라고 했던 소녀는 뒤로 물러나서는 사방을 경계하고 있었는데, 그녀의 주위로 다섯 명의 검수가 둥그런 포위진을 만들고 있었다.

황밀교가 언제부터 저렇게 매너가 있었나 모르겠군?

장호는 히죽 웃으며 장내에 발을 내디뎠다.

“여어, 황밀교 여러분. 모두 건강하신가 모르겠습니다?”

장호의 말과 함께 다섯 명 검수의 시선이 홱! 소리가 날 정도로 장호를 향했다. 동시에 검은 가죽 장화의 청년이 평정을 잃었는지 일순간 수세에 몰렸다.

“얼쑤. 집중해야지, 황밀교의 고수. 그러다가 목 달아난다고? 그리고 거기 떨거지들. 어린아이 핍박하지 말고 이리 와라. 좋은 말 할 때 이리 오면 내가 목숨은 살려줄게. 말 안 들으면 죽일 거야. 응?"

장호의 말은 거침이 없었다. 그리고 그런 장호의 태도에 검은 가죽 장화의 청년과 중년인의 싸움이 더욱더 격해졌다.

다섯의 검수는 서로 눈치를 보다가 한 명이 입을 열었다.

"네놈, 어떻게 살아 왔지?"

"응? 그게 궁금해? 그러면 그렇게 물어보면 안 되지. 귀갑대는 어쩌고 살아 돌아왔습니까? 하고 정중하게 물어야 되는 거 아냐?"

쿠쿵!

검은 가죽 장화의 사내가 몇 걸음이나 뒤로 물러났다. 장호의 너스레에 마음이 흔들린 탓에 밀린 것이다.

사실 중년인은 꽤나 지친 상태였고, 그에 반해서 검은 가죽 장화의 청년은 만전의 상태나 다름이 없었다.

그러나 중년인은 수십 년간 종횡강호를 해온 경험이 있었기에 만만한 상대가 아니었다.

그렇기에 장호가 마음을 흔들자 밀린 것이다.

그런 검은 가죽 장화의 청년에게 중년인이 득달같이 달려듦과 동시에, 장호도 땅을 박찼다.

검은 가죽 장화의 청년만 흔들린 게 아니라 다섯 명의 검수도 흔들렸음을 아는 까닭이다.

쐐애액!

투격공이 사용되어 열 개의 암기가 허공을 날았다.

직선으로 날아가는 것이었지만 그 속도가 빠르고 내력이 강하게 실려 그 위력을 경시할 수가 없는 공격.

그 공격에 다섯 검수는 즉시 검을 빼어 들며 경계를 했고, 그와 더불어 소녀가 움직이기 시작했다.

카카강!

푹!

소녀가 다섯 명 중 좌측에 선 이를 향해 달려들어 검을 찌르자 그의 손이 어지러워졌다.

다른 이들은 장호의 암기를 쳐내었으나 그는 쳐내지 못하고 허벅지에 암기를 허용하고 만 것이다.

"커, 컥!"

그리고 그는 다리가 마비가 되는 것을 느끼며 극렬한 고통과 함께 경련을 일으켰다. 내력으로 다스리려고 했으나 그 커다란 빈틈 때문에 소녀의 검이 다가와 목을 찌르는 것을 막지 못하였다.

푸우욱.

목에 구멍이 뚫린 자가 쓰러졌다.

그 순간 장호는 검을 한 자루 들고 반대쪽 손은 장법을 사용하려는 듯 수도를 만들며 다른 검수에게 달려들었다.

카가가강!

육벽권검이 장호의 손에서 펼쳐진다.

어마어마한 빠르기로 전면의 검수를 공격하자 좌우에서 세 명의 검수가 장호를 향해 검기가 어린 검을 들고 달려드는 것이 아닌가?

후방의 하나 남은 검수는 소녀를 공격하기 시작했고, 장호는 세 명과 공수를 나누기 시작했다.

이것들, 절정밖에 안 되잖아?

그렇다면 아주 좋지.

장호는 비릿하게 웃었다. 그리고 검을 찌르지 않고 크게 휘둘렀다.

카가강!

두 명이 장호의 검을 막으며 뒤로 밀렸다. 장호의 품이 크게 드러난 틈을 타서 세 번째 검수가 검을 찌르며 돌진해 왔다.

그리고 그것은 장호가 노린 것이었다.

휙.

장호의 검을 들지 않은 손이 뒤집어지면서 빠르게 몸 쪽으로 접혔다. 그리고 장호가 그 손을 가볍게 밀듯이 움직였다.

그러나 그 가벼워 보이는 행동에는 무시무시한 결과가 뒤따랐다.

화악.

장호의 손에서 희뿌연 진기의 덩어리가 쏘아져 나왔다.

그 속도가 그리 빠른 것은 아니었으나, 장호를 향해 검을 찌르며 돌진해 오던 이가 피할 수 있는 것은 아니었다.

진기가 나아가는 속도와 검수가 달리던 속도가 있었기 때문이다.

퍼억!

장호의 장력이 검수의 얼굴을 후려쳤다.

두 눈이 파열해 피가 흐르고, 코와 입, 그리고 귀에서 피를 쏟아내며 달리던 자세 그대로 거꾸러졌다.

즉사다.

장호는 그 시체를 보며 씨익 웃고는 앞을 보았다.

살아남은 두 명의 검수가 긴장한 기색으로 장호를 보고 있었다.

"황밀교의 절정고수인가 본데, 너희가 그렇게나 좋아하는 밀교천하를 외쳐 보지 그러냐?"

장호가 그들의 마음을 뒤흔들고자 말을 던지며 장난처럼 검을 흔들거렸다.

육벽권검으로 거듭난 초식은 굳건한 방어와 재빠른 공격이 특징.

세 명이서도 감당하기 어려웠는데, 두 명으로 줄어든 지금은 어떠랴?

움찔!

두 명이 장호의 말과 행동에 몸을 움찔했다.

그리고 동시에 장호가 다시금 좌수로 격공장을 사용해 왼쪽에 선 이를 후려쳤다.

장력이 내뿜어지는 것을 본 이가 다급히 검을 들어 장력을 쪼갰다.

그 순간 장호는 우측 검수에게 달려들고 있었다.

육벽권검(六壁拳劍) 오초식(五招式).

검벽권파(劍壁拳波).

검으로 벽을 만들고, 권으로 파도를 만든다.

우수에 쥔 검을 끌어 당겨 몸 앞에 수직으로 세우고, 검면으로 방어하면서 좌수의 주먹을 재빠르게 연타하는 초식이었다.

당연하지만 양손을 쓰기 위해서는 하체의 보법이 굳건해야 했고, 내력이 안정적이어야 했다.

장호의 주먹을 상대는 검으로 막아갔다.

그러나 그것은 실수였다.

장호의 주먹에는 권기가 마치 실타래처럼 둘러쳐져 있었던 것이다.

검기를 길게 늘이면 검사가 되고, 이는 초절정고수의 공능중 하나다.

지금도 주먹에 진기를 몇 겹이나 둘렀기에 검기가 서린 검으로도 어찌할 수 없었던 것이다.

카가가가가가강!

순식간에 다섯 번의 권격이 검을 때렸다.

검수는 용케 장호의 권격을 막았지만 그렇다 해서 무사한 것은 아니었다.

팟!

장호가 어느 순간 손바닥을 좌악 펼쳐서 내밀었다. 그것을 막기 위하여 검을 든 검수는 그대로 장호의 장심과 그의 검을 충돌시켰다.

"크헉!"

그리고 그는 검을 타고 들어와 내장을 강하게 흔드는 묵직한 내기에 피를 토하며 뒤로 비틀거리며 쓰러져야 했다.

그것은 순식간에 벌어진 일이었다.

최초에 격공장을 막느라 뒤로 물러섰던 좌측 검수가 다시 뛰어들기 전에 이미 일은 끝나 있었다.

우측의 검수가 극심한 내상을 입은 것이다. 바로 장호의 심류장에 격중당한 탓.

검의 검기를 뚫고 들어가 내부를 뒤흔드니 장호보다 내공이 고강하거나 순도가 높지 않는 이상 막을 수가 없는 것은 당연했다.

좌측에서 달려들던 검수는 그 모습 때문에 멈칫하고 섰다.

장호가 이미 자세를 바로잡고 있었기 때문이다.

그 순간이다.

장호가 검을 옆으로 던졌다.

이게 무슨 짓이지? 하고 바라보던 좌측 검수는 곧 멈칫한 것을 후회해야 했다.

쐐애애액!

장호의 손이 허리춤에 갔다가 들려 번개처럼 움직인다 싶더니 열 개의 암기가 날아들었으니까.

잠깐의 틈을 허용한 결과가 이거였다.

그는 그 암기를 전부 막아내지 못하고 세 개의 암기에 격중되고 말았다.

"끄아악!"

그리고 비명과 함께 그는 그대로 쓰러졌다. 얼마 후면 그도 죽을 것이다.

"자, 그러면 너랑 저놈만 남았지?"

장호는 피를 흘리며 무릎을 꿇고 쓰러져 비틀거리는 우측에 있던 검수와 소녀와 싸우고 있는 검수를 가리켰다.

그렇다, 그의 말대로다.

이제 검수는 두 명.

"잘 가라. 내세에서 만나자."

그리고 장호는 피를 토해내고 있던 검수에게 안식을 주고는 고개를 돌렸다.

소녀를 공격하는 검수와 중년인과 싸우는 저 검은 가죽 장화의 청년만 남았다.

장호는 가볍게 손을 휘둘렀고, 곧 암기가 날아가 소녀와 싸우면서 이쪽의 전투를 신경 쓰느라 손발이 어지러워진 검수의 어깨에 박혀들었다.

그리고 그는 비명과 함께 소녀의 검에 목이 잘려 나갔다.

강단있네. 흑점주라고 하더니 황궁 밥을 좀 먹어서 그런가?

소녀는 냉막한 표정 그대로 검을 흔들었다.

비 때문에 피는 금세 씻겨 나갔고, 그녀는 젖은 얼굴 그대로 장호를 바라본다.

고마움이라든가 하는 감정이 없어 보이는 그 차가운 표정에 장호는 쓰게 웃었다.

어쩌면 저 소녀는 장호 자신을 의심하고 있을지도 모른다.

이런 곳에서 갑자기 나타나서 도와주는 이가 과연 몇이나 있을까?

하지만 그건 아무래도 좋았다.

오늘 여기에 있는 황밀교는 단 하나도 살아 나갈 수 없으니, 그를 위한 작업을 해야 했다.

슥.

장호는 몸을 돌려 강기를 피워 올린 채로 혈투를 벌이는 두 명을 보았다. 그리고 검은 가죽 장화의 뒤로 천천히 움직였다.

끝장을 내볼까.

그렇게 생각했을 때다.

검은 가죽 장화의 청년의 손이 중년인의 복부를 후려치는 것이 보였다.

강기가 넘실거리는 검이 청년의 어깨를 살짝 긋고 있는 사이에 벌어진 일이었고, 중년인은 피를 토하며 나가떨어지고 있었다.

제길! 급한데!

장호는 즉시 짧은 비수를 던져 냈다. 암기가 다 떨어졌기에 묵직한 비수를 던져낸 거다.

그리고 동시에 손을 뒤집으면서 당겼다가 허공을 향해 밀치듯이 휘둘렀다.

퍼펑!

비수의 뒤로 두 개의 장력이 허공을 날았다.

카가가강!

금세 뒤로 몸을 돌린 검은 가죽 장화의 청년은 마치 용이 움직이는 것 같은 움직임을 검으로 구현하며 비수를 쳐내었고, 그대로 뛰어오르며 장호의 장력을 피해냈다.

네놈의 실수다!

장호는 생각과 동시에 의념을 집중했다.

장호의 장력이 그대로 곡선으로 움직이며 뛰어오른 검은 가죽 장화의 사내를 향해 솟구치기 시작한 것이다!

회심의 한 수!

퍼퍼퍼펑!

장호의 장력과 청년의 두 다리가 허공에서 충돌했고, 그의 신형은 허공에서 빙글 돌더니 땅에 척 하고 내려섰다.

"네놈, 본 교의 이름을 어찌 알지? 선검문의 전인인가?"

선검문?

그곳이 황밀교와 아는 사이였나?

장호는 그렇게 생각하며 상대를 바라보고 은은히 내공을 끌어 올렸다.

임독이맥이 뚫렸기에 장호가 내공을 끌어 올리는 속도는 대단히 빨랐다.

"글쎄? 선검문이 대단하긴 하다만 나는 거기 속하지 않았는걸. 암기 쓰는 거 보면 모르나?"

만약 비만 아니었어도 독 때문에 저들이 죽은 것을 쉽게 알 수 있었을 터다.

하지만 현재 비 때문에 청년은 장호가 어떻게 다른 이들을 쉽게 죽인 것인지 모르고 있었다.

게다가 지금은 밤이지 않은가?

"주둥이를 함부로 놀리… 큭?"

그때였다.

청년이 말을 하다가 인상을 찌푸리는 것이 아닌가?

장호는 그가 왜 인상을 쓰는지 알았다.

선천의선강기의 내가진기가 그의 두 다리를 통해 스며든 것이 확실했다.

"네놈… 평범한 놈이 아니구나."

"그거야 당연하지. 당신이 절대고수인 것은 알지만, 내력을 상당히 쓴 상태에서 나를 상대하는 것은 좋은 선택이 아닐 텐데? 게다가 내 진기는 조금 특별해서 말이야."

"크으으으!"

인상을 쓰며 낮게 소리를 내는 그는 상처 입은 야수와도 같았다.

하지만 장호는 그런 그를 보며 느긋하게 웃었다.

장호는 아직 내력의 팔 할이 남아 있는 상황. 이 정도의 선천의선강기라면, 상대가 화경이라고 할지라도 강기만 아니면 버틸 만했다.

그리고 기회를 보아서 독을 쓴다면? 이길 수도 있다.

하지만 말 그대로 가능성이 있다는 것일 뿐.

잘못하면 목이 달아나는 것은 그 자신이 될 거라는 것을 장호는 잘 알고 있었다.

"네놈. 그 얼굴을… 똑똑히 기억해 두겠다."

"그러시든가."

장호의 말에 그는 흥! 소리를 내더니 몸을 날려 사라져 갔다.

저놈을 끝장냈어야 했는데!

중년인이 조금만 더 버텼다면 좋았을 것을…….

혼자서 충돌하기에는 아직 장호의 실력으로는 무리라는 것을 그 스스로가 잘 알고 있었다.

장호는 속으로 혀를 차며 아쉬워 하다가 고개를 돌렸다.

거기에는 피를 게워내고 있는 중년인과 냉막한 표정으로 중년인을 부축하고 있는 소녀가 보였다.

저 양반이 누군지는 모르겠다만 일단 살리고 봐야겠군.

장호가 급히 그쪽으로 다가갔다.

第十三章

알아도 모르는 척하는 게 최고지

가끔 사람은 봤어도 못 본 척해야 할 때가 있다.

삶의 지혜

타닥, 타닥, 타닥.

화르르륵.

모닥불이 밝게 빛나며 타오르고 있었다. 장호는 그런 모닥불에 장작을 하나 더 던져 넣는다.

산서성은 내륙지방이고, 지금은 우기도 아니기 때문에 장작은 몹시 건조했다.

모닥불이 타오르는 화덕 안에 던져 넣자마자 금세 타오르며 불길을 키워내는 것은 어쩌면 당연한 일일지도 몰랐다.

바짝 마른 장작이니 저렇게 빠르게 타오르는 것일 테지.

장호는 불꽃을 바라보다가 시선을 돌렸다.

장호가 긴급하게 만든 천막의 내부.

간이침대에는 중년인이 새파란 안색으로 누워 있었고, 그 침대 옆에 모포를 깔아 만든 앉을 자리에는 소녀가 감정 없는 가면 같은 얼굴로 무릎을 세워 두 팔로 안은 채로 앉아 있었다.

소녀는 기이했다.

여태까지 말을 한마디도 안 했고, 장호가 중년인을 부축하고 천막으로 돌아와 그를 치료할 때에도 여전히 아무런 소리도 내지 않았다.

장호도 굳이 그런 그녀에게 말을 걸거나 무언가를 묻지 않았다.

사실 귀찮기도 했기 때문에 소녀를 상대하고 싶은 생각도 없었다.

흑점주.

그리고 황족.

이 두 가지 사실을 알았기 때문이다. 그렇기에 소녀가 아무런 말도 하지 않는다면, 자신도 아무런 말도 하지 않겠다고 생각한 터였다.

어차피 아무래도 좋은 일이었으니까.

황궁과 척지고 싶은 생각도 없지만, 그들과 친하게 지내고 싶은 생각도 없었다.

권력자치고 그 끝이 좋았던 인물이 몇이나 있던가?

장호는 그 때문에 아무런 말도 하지 않았다. 다만 묵묵히 중년인을 치료했을 뿐이다.

강기에 당한 상처는 쉽게 치료할 수가 없다.

장호의 선천의선강기가 그 순수함 덕분에 상대 내부에서 적의 내가진기를 흩으면서 내장을 찢어버린다면, 강기는 그 강대한 힘 때문에 내장을 찢어버린다.

최초에 중년인의 내부는 중년인의 내가진기와 침투해 온 강기가 싸우는 중이었고, 장호가 급히 내상약과 함께 진기도인을 하여 그 강기를 해소하였다.

그렇게 고비를 넘기긴 했지만, 강기에 당한 상처는 그 회복이 몹시 더디기 때문에 내버려 두면 그는 내장출혈로 죽을 것이 뻔했다.

아직도 밖에는 비가 계속 내리고 있고, 황밀교의 반응으로 보아서는 이 근처에 더 많은 지원군은 없는 듯했으니 앞으로 한동안은 안심할 수 있을 터.

그래서 장호가 이리로 데려와 그를 치료한 것이다.

중년인은 현재 거동을 해서는 안 되고, 여기서 적어도 삼일간은 장호의 선천의선강기의 진기로 치료를 받아야 했다.

그것도 장호니까 가능한 것이다.

치료에 적합하게 만들어진 선천의선강기의 진기가 아니었다면 이 장소에서 어디로 움직이지 않고 적어도 한 달은 치료를 받아야 했다.

타닥타닥.

화르륵.

불길이 타오른다. 장호는 그 불길을 주워 온 검으로 뒤적뒤적거렸다.

다섯의 절정무인이 가지고 있던 검을 주워 온 거였다.

장호는 그 검으로 불길을 뒤적여 달구어진 돌을 꺼내었다. 그리고는 그것을 가져가 간이침대의 아래에 놓았다.

뜨거운 돌의 열기가 직접적으로 간이침대의 천으로 올라가 조금이라도 더 몸을 덥혀줄 것을 기대하고서 한 행위였다.

장호는 그런 작업을 끝내고 자신의 자리로 가서 앉았다. 그리고 속으로 모포를 몇 장이나 가져와서 다행이라고 생각했다.

쏴아아아아.

밖에서는 아직도 비가 내린다.

우기가 아님에도 이렇게 비가 많이 오는 것은 확실히 특별한 일이다.

건조했던 공기도 내일은 얼마간 습기가 가득하리라.

그렇게 생각하며 장호는 자신의 자리에서 좌선을 하였고,

곧 내공의 수련에 들어갔다.

그간 꾸준히 내공수련의 보조제를 먹으면서 수련한 덕분에 지금 장호의 내공은 팔십이 년 정도로 늘어난 상황이었다.

몇 달 전에 팔십 년의 공력이었으니, 짧은 시간 안에 이 년의 공력이 추가로 늘은 것이다.

또한 장호는 공력이 늘어나면 늘어날수록 스스로의 육체가 몰라볼 정도로 강인해지는 것을 느끼고 있었다.

이는 초절정고수가 된 것과는 별개의 문제로서, 근력과 지구력을 비롯한 육체의 힘이 그만큼 강해진 것이었다.

일 갑자에 도달하면서 실제로 장호의 육체는 그 체구에 어울리지 않는 근력과 체력 및 감각을 가지고 있었다.

시야도 일반인보다 더 멀리 보고, 근육이 내는 힘은 가볍게 무거운 물건을 휘두르며, 몇 시진을 걸어도 어지간해서는 지치지 않았다.

선천의선강기가 은은하게 그의 육체를 강인하게 바꾸어 주는 거다. 설사 진기가 전부 떨어져도 말이다.

그리고 최근 육체가 강해지는 정도는 장호가 생각한 것 이상이었다.

실제로 다섯의 절정고수를 상대할 때 그러했다.

내력을 거의 쓰지 않고도 그들 다섯을 가볍게 죽인 것이다.

설마 선천의선강기의 양이 많아지면서 선천진기도 늘고

있는 건가?

선천진기.

태어나면서 가지게 되는 생명력.

의술의 기원 중 하나인 연단술에서는 선천진기를 인위적으로 만들어 섭취하는 방법이 있다고 전설처럼 전해진다.

그것이 바로 전설의 금단(金丹)인 것이다.

금단을 만들고자 하는 염원이 이어져 내려오다가 의술과 만나서 만들어진 것이 바로 영약이다.

소림사의 대환단 같은 것이 이에 속하고, 장호도 비전의 영약제조법이 하나 있긴 하다.

전생에 장호가 비밀리에 연구하던 것과 의선문의 비전이 합해진 것으로 장호는 이것을 의선생환단이라고 이름 붙였다.

의선문에 내려오는 영약은 의선단이라 부르고, 장호가 전생에 연구하던 것은 신환단이라는 이름이었기 때문에 그 둘을 합한 것이다.

여하튼 이 영단들을 먹으면 미미하게나마 선천진기가 늘어난다고 한다. 평범한 사람이 영단을 먹으면 평생 무병장수하게 되는 것이 바로 그런 이유다.

선천진기란 태초의 생명력.

그것이 늘어나면 보통의 사람들을 초월하는 육신을 얻게

되는 거다.

그리고 의선문 역사상 장호만큼 선천의선강기를 많이 모은 자가 없었기에 지금 장호가 경험하는 이 상황을 알았던 이는 단 하나도 없었다.

그 사실을 장호도 안다.

그래서 이렇게 생각에 잠긴 것이다.

선천진기가 늘어나고 있다면, 선천의선강기를 통해서 생육선(生肉仙)이 될 수 있다는 의선문의 전설이 사실일지도 모른다는 생각이 들었다.

의선문에 전해져 내려오는 이야기에 의하면 의선문의 초대 문주는 신선에게 선천의선강기를 배웠으며, 그 신선이 말하기를 사람을 널리 구하는 선덕을 쌓으며 백 년간 정진하면 생육선이 되어 불노불사한다고 하였다고 한다.

그것은 전설처럼 전해져 내려오는 이야기였는데, 설마 사실일까? 하는 생각이 든 것이다.

이 이야기에 집중하는 것에는 또 다른 이유가 있다.

바로 사마밀환을 만든 진환마제 때문이다.

사마밀환에 대한 이야기는 사실 장호도 들어본 적이 없었다. 다만 원명교체기에 있었다는 진환마제가 고금제일인이라고 불릴 정도로 고강한 자였다는 이야기는 들어본 바가 있었다.

그가 남겼다는 사마밀환은 확실히 대단한 기보였다.

제갈화린이 그 사마밀환을 들고 기이한 주문을 외우면 이적이 일어났던 탓이다.

또한 그 사마밀환 덕분에 장호가 이렇듯 과거로 되돌아와 있었으니, 신선이라고 해서 없을 리가 없다는 것이 장호의 판단이었다.

그렇다면.

선천의선강기는 진정 신선이 되는 내공심법일까?

장호는 이런저런 생각을 하며 소모한 진기를 충원하였다.

쏴아아아아.

꼬르륵.

빗소리가 무성한 가운데 장호는 자신이 뭔가 잘못 들은 것이 아닌가 하는 생각을 했다.

꼬르륵이라?

쏴아아아아.

꼬르르르륵.

그리고 장호의 생각을 부정하듯이 다시금 소리가 났다.

장호는 감고 있던 눈을 떴고, 소리가 난 방향에 있는 인물을 바라보았다.

소녀가 고개를 자신의 무릎 사이에 푹 처박고 있는 것이 보였고, 그 목덜미가 붉게 물들어 있는 것 또한 보였다.

풋!

장호는 자기도 모르게 그 모습을 보고 웃고야 말았다.

번쩍.

그러자 소녀가 고개를 든다.

아까와 같이 무표정한 상태가 아닌 눈꼬리가 조금 치켜 올라간 표정으로 붉어진 얼굴을 하고 있는 것이 몹시도 귀여웠다.

그래도 입가는 앙 다물었고, 무표정을 유지하려는 듯싶은 기색이 있었다.

장호는 일단 소녀가 황족이라는 것을 모른 척할 셈이었기에 소녀를 보며 빙그레 웃어주고는 자리에서 일어났다.

소녀의 시선이 그런 장호를 따라갔다.

장호는 행낭에서 이것저것을 꺼내었다. 그리고는 조금 작은 철과를 하나 꺼내어 천막 밖으로 내밀어 쏟아지는 비에 씻고 물을 담아 돌아왔다.

나뭇가지를 엮어서 화덕 위에 철과를 올릴 틀을 만들고, 그 위에 철과를 올려놓고 물이 끓는 동안에 행낭에서 몇 가지 자루를 꺼내었다.

말려서 잘게 부순 야채, 고기, 그리고 곡물이 뒤섞인 자루다.

그 자루 안의 내용물을 물에다가 넣고 장호는 국자를 가져와 휘휘 저었다.

그러는 사이에도 장호는 말 한마디 하지 않았고, 소녀도 역시 마찬가지로 말 한마디 하지 않은 채로 장호를 바라보고 있었다.

소녀의 눈꼬리는 어느샌가 제자리를 찾아 무표정으로 되돌아왔고, 붉어졌던 피부도 제 색을 되찾았다.

그러나 그 시선은 여전히 장호를 향한 채.

장호는 그러든가 말든가 신경 쓰지 않고서 죽을 끓였다.

부글부글 소리와 함께 끓던 물은 걸쭉해지고, 곡물이 잘 익어 죽이 되었다.

장호는 행낭에서 그릇을 꺼내어 천막 밖으로 나가 빗물로 씻고 들어와 죽을 퍼 담았다.

그리고 소녀의 앞에 가져갔다.

툭.

소녀의 앞 바닥.

그 앞에 그릇을 놓고, 숟가락도 친절하게 넣어준다. 그리고서 장호는 아무런 말도 없이 자신의 그릇에 죽을 펐다.

슬쩍.

소녀의 시선이 그릇으로 향한다.

장호는 모른 척하면서 자신의 그릇을 들어 식사를 시작했다. 그리고 물통을 꺼내어 물을 마셨다.

이럴 줄 알았다면 술을 가져올 것을.

비올 때에는 달달한 과일주가 일품인데 말이야.

장호는 그렇게 생각하며 죽을 먹어치웠다.

그러기를 얼마 후. 소녀의 손이 슬쩍 그릇에 가 닿더니, 어느샌가 손에 들고는 죽을 먹기 시작한다.

경계심이 있었기 때문이었을까? 아니면 다른 이유로 죽을 안 먹는 거였을까?

장호로서는 잘 알 수 없었다.

하지만 어찌 되었든 소녀도 이제는 죽을 먹고 있었다.

그리고 여전히 장호와 소녀는 서로 단 한마디의 대화도 나누지 않았다.

박박.

소녀는 정말 죽을 많이 먹었다. 처음에는 조심조심 먹더니, 지금은 철과 그릇을 박박 긁고 있는 것만 보아도 그렇다.

그러다가 장호의 시선을 눈치챘는지 무표정한 얼굴로 슬그머니 손을 내려놓는다.

그 행동을 보니 장호는 웃음이 나왔지만, 다시 째려보기를 당할까 봐 참으면서 정리를 시작했다.

장호가 그릇과 철과를 빗물로 닦고 나서 행낭에 잘 싸 단단히 동여매고 몸을 돌렸을 때.

소녀는 무릎을 피고 앉아서 장호를 바라보고 있었다.

뭐야, 무릎을 폈네?

장호는 여자아이가 경계심을 푼 것 같다는 기분이 들었지만, 물어보지는 않았다.

그러다가 이렇게까지 말이 없는 것은 이상한 것이 아닌가 싶어서 소녀를 자세히 보았다.

혹시 벙어리인가?

그런 의문이 들었던 탓이다.

하지만 섣부르게 단정하지는 않았다. 그럴 수도 있고, 아닐 수도 있는 법이다.

게다가 아무리 황족이라고는 해도 벙어리가 흑점주가 된다는 것은 뭔가 이상한 일이라고 생각되었다.

그렇게 생각하며 소녀를 보고 있을 때다.

"고맙다."

응? 뭐야? 저 녀석이 말한 건가?

"고마워?"

"그래, 고맙다."

소녀는 매우 딱딱한 어투로, 그것도 하대하며 말했다.

황족이라서 그런 건가.

장호는 그런 소녀의 얼굴을 보면서 어쩐지 피곤할 것 같다는 생각이 들었다.

소녀의 나이는 딱 봐도 이제 열넷이다.

장호와의 나이 차이는 겨우 두 살. 하지만 정신연령은 그 세 배나 차이가 난다.

장호가 살아온 기간은 외모와는 관계가 없으니까.

"나는 또 말을 안 하길래 벙어리인줄 알았지 뭐야. 내 이름은 장호다. 의선문이라는 문파의 문주이기도 하지. 저 사람은 누구고, 너는 누구지?"

장호는 말문을 연 김에 간단한 것부터 물었다.

"주화영. 공손무위."

주화영. 공손무위.

이것이 소녀와 중년인의 이름이었는데, 장호는 전생과 현생을 통틀어 이 둘의 이름을 들어본 바가 없었다.

그렇다면 확실히 이상한 일이다.

주화영이 황족이니 이름을 들어보지 못한 것은 어쩌면 당연하다면 당연한 일이지만, 공손무위는 무려 화경에 이른 절대고수가 아니던가?

강호에 화경에 이른 이가 서른도 채 안 된다는 것을 감안하면, 그의 이름이 알려지지 않았다는 것은 수상쩍은 일이었다.

혹, 오늘 장호가 그를 살리지 않았다면 이 산서성에서 죽임당했을 것인가?

그럴 수도 있었다.

장호가 아는 미래라는 것이 그렇게 많은 것은 또 아니니까.

"예쁜 이름이군."

장호는 가볍게 답해주고는 여전히 생각을 계속했다.

황밀교가 흑점을 노리는 것은 역시 강호전복을 노리고 있기 때문인가?

흑점이 황족의 손에 운영되는 거라면, 충분히 그럴 만한 이유가 된다.

"너는 누구지?"

그때다. 소녀가 나직한 목소리로 물어왔다.

"누구냐니? 내 소개는 이미 했을 텐데."

"그들을 알잖아."

"그들? 아아. 그 잡것들 말인가."

장호는 그제야 소녀의 말을 이해했다.

무표정하게 장호를 바라보던 소녀는 어느샌가 다리를 올려 무릎을 세우고 있었다.

참나. 그렇게 고양이처럼 경계하면 너무 귀엽잖아.

나도 딸이 있었으면 저랬을까?

시답지 않은 생각을 해버렸구먼.

장호는 속으로 혀를 차면서 그녀가 원하는 답을 해주었다.

"제법 알아. 그놈들하고는 원한이 있거든. 황밀교라고 하지."

"황밀교……."

“그리고 제법 크고 강한 집단이야. 강호전복을 노리는 놈들이거든. 듣기로 강호를 전복하는 김에 중원도 전복하고 싶다고는 하던데…….”

장호의 말에 소녀의 두 눈이 치켜 올라갔다. 그런데도 귀엽게 보이는 것을 보면, 확실히 이 소녀는 대단한 미녀라고 장호는 생각했다.

커서 엄청 미녀가 되겠네.

황족은 다 잘생기고 미녀라더니.

“뭐, 나도 그 부분은 이야기만 들은 거라 잘은 몰라. 다만 강호전복은 확실하지. 그 때문에 나도 소중한 이들을 잃었거든…….”

황밀교에 대항하다가 잃은 전우들. 그들은 지금 어디에 있을까?

장호는 문득 그리운 이름들을 생각해 냈다.

여이빙, 신문호, 초이산.

이 세 명은 장호의 인생에 있어 벗이라고 부를 만한 이들이지 않던가?

여이빙은 일전에 만났었고, 그녀는 잘 살아가는 듯 보였다.

신문호와 초이산은 어디 있을까?

나 대신에 죽은 신문호.

위험을 무릅쓰고 달려왔다가 실종된 초이산.

너희는 지금 구주 어디에 있느냐?

그 둘의 과거는 장호도 잘 모르기에, 그들이 어디에 있는지도 사실 알 수가 없었다.

그렇기에 지금까지 제대로 생각하지 않았는지도 모른다.

"미안."

소녀는 눈꼬리를 내리고 약간 시무룩한 표정을 지으며 사과한다.

장호의 감정에 휩쓸린 것 같았다.

"괜찮아. 지나간 일이니까. 그나저나 황밀교 놈들은 보통 놈이 아냐. 저 사람도 보통 사람이 아니긴 하다만, 쫓기는 것을 보면 둘 다 어디 중요한 곳의 사람인 것 같은데, 아냐?"

"맞아. 묻지 마. 다쳐."

소녀는 짧게 자신의 상황을 피력했고, 장호는 웃으며 고개를 끄덕였다.

"그러지. 나도 더 이상 묻고 싶은 건 없거든."

이들이라고 해서 왜 자신들이 쫓기는 것인지 알 것 같지는 않았다.

그래서 장호는 사실 더 알고 싶은 내용도 없었다.

"저 사람이 본래 실력의 칠 할 정도를 발휘하려면 적어도 오 일은 더 있어야 해. 그때까지는 같이 있어주지. 그리고 그 이후에는 헤어지자."

장호의 말에 소녀는 아까와는 다른 시선으로 장호를 빤히 보았다.

"보상. 바라지 않아?"

"응? 별로 보상을 바라고 한 일은 아닌데. 그놈들의 행사를 방해하고 싶어서 한 일이니까. 뭔가 보상해 주고 싶다면, 그놈들이나 잡아서 처리해 봐."

그래, 좀 나서서 황밀교 놈들 좀 싹 처리해 줘라. 그러면 두 발을 쭈욱 뻗고 잘 수 있을 거 아니냐?

장호는 속으로 그렇게 생각했다.

그런 장호를 그녀는 이상하다는 눈빛으로 바라보았다.

표정은 변한 게 없고 눈빛만 조금씩 변하니 보통 사람이라면 그녀를 대하는 게 곤혹스러울 것 같았다.

하지만 어째서인지 장호는 그녀의 감정 변화를 알 것 같았다.

이것도 선천의선강기의 영향일까?

장호는 우선적으로 선천의선강기를 늘려야겠다고 생각하면서 소녀를 마주 보았다.

"의선문이라고 했지?"

"그래."

"태원 의선문?"

"맞아."

"여기는 왜 왔어?"

"아는 분 치료 좀 하려고. 혹시 금련표국이라고 알아?"

"알아."

"거기 국주님이랑 아는 사이거든. 치료하고 돌아가던 중이었지. 자, 의심은 풀렸어?"

장호의 말에 소녀는 고개를 짧게 흔든다.

"궁금했을 뿐이야."

다른 의도가 없다고 말하는 소녀.

장호는 그런 소녀에게 고개를 끄덕여 주었다.

그렇게 잠시 보는데, 소녀의 두 눈에 피로한 기색이 서린 것이 눈에 띄었다.

장호는 그제야 소녀가 오랜 시간 쫓겼다는 것을 깨달았다.

자신이 깔고 앉은 모포를 들어 소녀 쪽으로 다가가자 소녀가 움찔하는 것이 보였다. 장호는 개의치 않고 소녀의 옆에 모포를 깔아주고는 천막의 밖으로 향했다.

"좀 자둬. 피곤할 테니 자는 게 좋아."

장호는 그리 말하고서 잠시 천막 밖으로 나왔다.

밖에는 비가 계속 쏟아지고 있었다. 천막 밖도 나뭇가지가 무성해서 비가 조금씩 새는 것뿐이지, 여기서 두 발만 더 나가면 비에 쫄딱 젖을 터였다.

천막 칠 천을 넉넉히 가져와서 다행이야.

장호는 잠시 그렇게 생각하면서 서서 운기조식을 했다.

선천의선강기는 상승절학이라 그런지 이렇게 서서도 가볍게 내공수련을 할 수 있어서 좋았다.

그렇게 잠시 수련을 하던 장호는 다시 천막 안으로 들어갔다.

소녀는 몸을 웅크리고서 모포 위에서 잠이 들어 있었다.

훗.

장호는 그런 소녀를 바라보다가 한쪽에 누워 있는 말 거룡의 옆으로 가서 좌선을 하고 앉았다.

그리고 조용히 자신의 안으로 침잠해 들어갔다.

밖에서는 날이 밝아오고 있었고, 여전히 비가 쏟아지고 있었다.

『의원귀환』 5권에 계속…

Return of the Mercenary
FANTASY FRONTIER SPIRIT
용병귀환
유왕 판타지 장편 소설